De pronto el doctor Leal

De pronto el doctor Leal

René Vázquez Díaz

NADHARI
NARRATIVA

Directores de la coleccción: Mariano Aguirre, Pilar Porta y Rosa Regàs

Diseño de la cubierta: Muntsa Busquets

Fotografía de la cubierta: Age Fotostock

© de esta edición
Icaria editorial, s. a.
Arc de Sant Cristòfol, 11-23 / 08003 Barcelona
www. icariaeditorial. com
icaria@icariaeditorial.com
ISBN: 978-84-7426-769

© Intermón Oxfam
Roger de Llúria, 15, 08010 Barcelona
Tel. 93 482 07 00. Fax 93 482 07 07
www.IntermonOxfam.org
info@IntermonOxfam.org
ISBN: 978-84-8452-529-5

1ª edición: mayo de 2008

Depósito legal: B-20.021-2008

Impreso a Romanyà/Valls, s. a.
Verdaguer, 1, Capellades (Barcelona)

Impreso en España. *Printed in Spain.*
Este libro está impreso con papel libre de cloro.

Las verdaderas fieras están en las ciudades.

Gracián

Uno

De nada le valió viajar en primera. El vuelo le pareció interminable y la angustia no lo dejó pegar un ojo. El doctor Otto Leal, ciudadano estadounidense de origen cubano y miembro de la Neurodivisión Pediátrica del Hospital Académico de Uppsala, volvía a Miami para asistir al entierro de su hermano. Desde 1990 residía en Suecia, donde su vida se había vuelto un desastre. Una noche cualquiera, cuando los niños acababan de irse a la cama, su esposa le comunicó que se iba de casa. Lo dejaba por otro. Así, sin rodeos ni recriminaciones. En un tono cansado y monocorde, que ocultaba una tensión insondable, Lena le explicó que ya no podía ocultarlo más. No era una conclusión precipitada; lo había meditado largamente y la culpa no era de él. Ella le había sido infiel. Así se lo dijo, a quemarropa en la penumbra del comedor, pálida y convulsa y de repente inaccesible, como en una película de Bergman. Con una especie de derrota en la voz y un leve temblor en las manos, confesó que no veía otro camino que el divorcio. Hacía años que no lo amaba. Su relación con *el otro* se había profundizado hasta tal punto, que ya no podía vivir sin él y no había marcha atrás. Por lo pronto se mudaría con los niños a casa de su nuevo amor, un anestesista sueco cinco años más joven que Otto. Eso había ocurrido dos semanas atrás.

El golpe fue durísimo, y el dolor se intensificó cuando el marido engañado, ya solo, tras un examen de su tren de vida en los últimos años se dio cuenta de que él tampoco amaba a Lena, «su mujer de toda la vida». Esa conclusión no fue un producto del despecho natural en un hombre que de pronto se sabe engañado por su mujer. Leal era un hombre emocional y lo sabía. Sin embargo, cierta deformación profesional lo había ayudado a salir airoso de muchos problemas en su vida. Los largos años de lidia quirúrgica con el sistema nervioso central, en casos en que un solo movimiento *mental* erróneo podía marcar la diferencia entre la vida y la muerte del paciente, le habían enseñado a mantenerse frío en los momentos de crisis. Como si estuviera ante una operación de urgencia, examinó los hechos lo más serenamente que pudo. Se colocó en un punto equidistante entre sí mismo y lo que le estaba sucediendo, y comprobó que el descubrimiento de su desamor no era un pretexto para salir del divorcio con la autoestima ilesa: era la verdad pura, reprimida y dura como el divorcio en sí. Su matrimonio había fallecido tiempo atrás, y ahora lo que más le dolía era separarse de sus hijos.

Quizá otro hombre, más autocompasivo y mendaz, le hubiera echado la culpa a ella: la adúltera cochina que se fue con otro, la degenerada que provocó la ruptura. Pero él no; eso hubiera sido un fraude para sobrevivir, un timo barato de sí mismo. Él también era culpable; quizá hasta mucho más que ella. Lo veía claro y lo asumía, pero eso no le mitigaba la angustia. Él había tenido otras mujeres. Incluso se había enamorado de una de ellas, una preciosa enfermera del Hospital Académico, casada y ella también con hijos. Él se había ido de voluntario a otros países en misiones imposibles con *Médicos sin fronteras*, trabajando largos períodos en lugares rotos del planeta: Bosnia, Kirguizistán, Palestina... mientras su propio hogar sucumbía a unos conflictos que él fingía no ver. Creía sobrellevar el desamor de la forma menos indecente posible, confundiéndolo con cosas tan anodinas como el aburrimiento o el estrés: había vivido en una normalidad ficticia, marcada por un disimulo que ahora le parecía infame. Sin proponérselo racionalmente, disimulando había creído salvar a los niños de la catástrofe. Lena, en cambio, no soportó la sequía de sus sentimientos y actuó más humanamente que él: buscó fuera del matrimonio hasta encontrar el amor que él no podía darle. Por lo tanto, la traidora no era ella; el traidor se llamaba Otto Leal.

Durante todo el vuelo hacia Miami, colgado del cielo en un avión que le parecía una celda de lujo gris poblada de aeromozas complacientes, el doctor bebió más coñac de la cuenta y descubrió hasta qué punto, a pesar de creerse liberado de ciertas pretensiones, había sucumbido al prurito de «autorrealizarse». De hacer carrera. Ahora veía con otros ojos su reputación de cirujano estrella. Sus profundos conocimientos, su frenesí por superarse y «realizarse» como médico... Ahora no pensaba en otra cosa que en sus hijos. Amanda, *la chiquitica*, cuya afición era despertarlo a las seis de la mañana con besos y charlas sobre la gripe de sus muñecas, nunca llegaría a entender por qué su mundo se desmoronó de pronto. Alma, la mayor, que de la noche a la mañana se le había hecho una mujer, ¿en qué momento dejó de jugar con su muñeca preferida, la que él le trajo de un viaje a Lugano? ¿Cuándo le dio el último abrazo en miniatura, el último beso de la niñez, sentada en sus piernas? No se acordaba. Lo había extraviado entre los aeropuertos, las despedidas y las llegadas. Y Hugo, el pequeño gimnasta y pescador de percas en el lago Mälaren, ¿en qué dirección desarrollaría su carácter viviendo con un «padrastro»? ¿Cuántos días y noches de ternura no les había robado él, en nombre de la ciencia, el humanismo y un montón de conceptos que ahora sonaban a burdos pretextos para justificar sus ausencias —y sus amoríos? Ahora un desconocido les leería sagas antes de dormirse. La perspectiva de que sus niños vivirían en una casa ajena, y que desayunarían y harían sus tareas escolares en compañía de *otro padre* no lo dejaba respirar.

El estúpido cliché de que los males no llegan solos se cumplió, en su caso, con una ferocidad ridícula. Su hermano menor falleció en circunstancias oscuras en Miami poco después de la disgregación de la familia, y Otto agarró el primer vuelo que pudo para asistir al velorio, que se celebraría ese mismo día a las tres de la tarde, hora de Miami, en la Funeraria Maspons de Coral Gables. Antes de partir, sostuvo una acalorada discusión telefónica con Jorge, su hermano mayor, quien no sólo le había comunicado de sopetón la noticia de la muerte de Samuelito, sino que lo hizo en términos agresivos y recriminatorios, como si aquella muerte trágica fuese culpa suya. Las pocas veces que los hermanos hablaban por teléfono terminaban enemistados, pese a los esfuerzos que Otto hacía —o que creía hacer— por suavizar la atmósfera emponzoñada que existía entre ellos. Esta vez Jorge había envuelto las acostumbradas ofensas en un velo de insinuaciones incomprensibles, que envolvían al fatal suceso en una estúpida niebla de misterio. Siempre era igual. Pasara lo que pasara, entre Otto y Jorge se avivaba un rencor de cuyo origen ya ninguno de los dos tenía una imagen muy clara.

Otto pensaba alquilar un auto en el aeropuerto y llegar rápido al hotel, para ducharse y arreglar un poco el aspecto de zombi que creía tener. Haría unas llamadas y se vestiría de luto antes de reunirse con su madre, Jorge y su familia, y asistir con ellos al funeral. Había obtenido una licencia de dos meses en el hospital, no sólo para poner en orden sus emociones y capear el temporal del divorcio, con sus irritantes detalles legales y prácticos. También quería pasar un tiempo cerca de su madre. Desde luego que no se hospedaría en casa de Jorge, eso ni pensarlo. Pasaría la primera semana en un hotel de Ocean Drive y luego se trasladaría a un lujoso apartamento en Brickell Key que su viejo amigo, el abogado Tony Galán, había puesto a su disposición. Pero al llegar al control de inmigración, el oficial que lo atendió le quitó el pasaporte con cara de pocos amigos, lo puso en un lugar aparte y le pidió que esperase. A los pocos minutos apareció una oficial de andar afelpado y grandes ojos amables, que lo condujo a una oficina en la que sólo había una mesa y tres incómodas sillas. Inmediatamente entraron dos hombres vestidos de civil y le pidieron que abriera la cartera, en la que traía unos cuantos libros. Al no encontrar lo que parecían buscar, le requisaron el teléfono móvil sin decirle una sola palabra y se retiraron. Otto preguntó qué sucedía y la oficial, que era una negra de bellas curvas y aspecto jovial, le respondió con una sonrisa y un gesto de impotencia:

—*Who knows* —dijo, y enseguida añadió en español—: quién sabe.

Otto explicó su situación; habló de la muerte de Samuelito y del velorio que se celebraría dentro de unas horas, haciendo énfasis en que corría prisa. Mucha prisa. La oficial lo dejó hablar sin interrumpirlo y al parecer sin escucharlo, y al final respondió, esta vez sólo en inglés y sin sonreír:

—Tiene que esperar, señor.

Al cabo de dos horas, durante las cuales Otto intentó leer unas páginas sin lograr concentrarse en ninguna, no había sucedido nada. La oficial había salido y entrado varias veces de la oficina, sin dirigirle la palabra ni contestar ninguna de sus preguntas. Era obvio que se trataba de una simple oficial de custodia, y que no sabía nada. Los oficiales que se llevaron su teléfono no daban señales de vida, y a Leal le pareció que aquel cuarto de paredes vacías era tan irreal como el avión claustrofóbico, colgado del abismo, que lo había traído a Estados Unidos. Todo está demasiado limpio, pensó, aséptico casi, y esa ausencia de vida empezó a trabajar en su contra. Estaba excitado y exhausto al mismo tiempo. También la mesa le pareció irreal. No era ni de madera ni de metal sino de algo intermedio que no logró identificar. La muchacha que lo custodiaba, con su estudiado silencio, era una abstracción pura. La nobleza de su mirada contrastaba con su falaz manera de evitar la suya. Su hermosura se diluía en la opacidad de una pesadilla.

Tenía que tratarse de un malentendido. Él era ciudadano americano y tenía todos sus papeles en regla. Poco a poco, Leal se fue acalorando. Sólo el rostro afable y huidizo de la muchacha, y la certidumbre de que de veras ella no podía ayudarlo, contuvieron un ataque de furia que no quiso dirigir contra ella. Fue como cuando la leche sube y uno la aparta a tiempo del fuego, un encabronamiento que no logró imponerse a la turbiedad de su estado de ánimo. De repente el doctor se dirigió a la muchacha y le pidió que hiciera algo. Él tenía derecho a entrar libremente a su país y no podía seguir esperando el día entero. Que llamara a algún superior. Que le devolvieran su pasaporte y su teléfono; que le explicasen por qué estaba allí encerrado, y concluyó:

—Haga algo ahora mismo o métame preso.

La mujer lo miró con gravedad. En sus ojos había comprensión, pero la firmeza de su voz comunicó un deber desagradable.

—Serénese, señor. Usted *ya* está preso.

Otto Leal sintió algo parecido al miedo.

La oficial abandonó la oficina en silencio, y él no supo qué pensar. Se esforzó por analizar rápidamente su situación y comprobó que no, que no era miedo lo que le oprimía el pecho. Más bien sentía una indignación contenida. Él era inocente, un médico de inmejorable reputación que jamás había tenido problemas con la justicia, ni en Estados Unidos ni en ninguno de los países en los que había trabajado para Médicos sin fronteras. Mucho menos en Suecia, su segundo país de adopción y patria de sus hijos. Tampoco en Venezuela, donde no hacía mucho había colaborado con un equipo de cirujanos cubanos.

Al cabo de media hora se abrió la puerta y dos hombres entraron y se sentaron. ¿Serían los mismos de antes? Tal era su confusión, que no hubiera podido asegurarlo. Uno de ellos era un joven pecoso y corpulento, que vestía una camisa azul de mangas cortas con una horrorosa corbata amarilla, estampada de garabatos negros. Los garabatos de la corbata intensificaron la irrealidad del ámbito, Leal cerró los ojos y se secó el sudor de la frente. El otro oficial tendría unos cincuenta años largos, su traje era color café y sus finos labios mostraban el matiz violáceo de los fumadores empedernidos. Sus espejuelos de enorme armadura de carey, o algún material similar, dejaban ver unos ojillos que al doctor se le antojaron habituados a la doblez. Sin saber por qué, Otto tuvo la intuición instantánea de que era de origen cubano. Lejos de sentir ningún tipo de afinidad, un prejuicio irreprimible lo llenó de repugnancia por aquel hombre.

—Exijo que se me explique por qué me han retenido.

El de los garabatos dijo que sólo le harían unas preguntas. Pero él contestó desde el fondo de su irrealidad que Estados Unidos era su país, y que ellos no tenían derecho a retenerlo. Los ojillos detrás de los espejuelos de carey replicaron que sí, doctor, sí tenemos derecho.

—¿Sin que me asista un abogado?

—Sin nada —aclaró el hombre corpulento, que sin duda era norteamericano, poniendo sobre la mesa el pasaporte del doctor.

—Sin *absolutamente* nada —recalcó en español, con un énfasis exagerado, el fumador de los labios finos, que agregó:

—La ley nos asiste *a nosotros*.

A partir de ese momento, el ritmo de las preguntas y las respuestas se hizo vertiginoso sin que el interrogado pudiera evitarlo. Fue como si la asepsia de las paredes se incorporase, como un vapor inoloro, a la tensión del aire que los separaba, y él contribuyó a su propia perdición respondiendo al mismo ritmo de las preguntas.

—Usted se graduó de médico en el Colegio de Medicina de la Universidad de la Florida, en Gainesville, en 1982 —dijo el pecoso.

—Neurocirugía pediátrica —completó el interrogador cubano-americano, casi sin dejar que el otro pronunciara el final de las palabras mientras ponía, como el que no quiere las cosas, el teléfono del doctor sobre la mesa.

—Además sacó un Master of Science degree en biomedical research en el College of Medicine de la Universidad de la Florida —dijo alguno de los dos mezclando sin ton ni son los idiomas.

—Sí, sí.

Leal no conseguía concentrarse. Miraba alternativamente a los dos hombres, como si no los viera; quizá eso lo dijera el cubano, que daba irritantes golpecitos en la mesa con un solo dedo, tan tan tan, sin parar, tan tan tan.

Otto Leal no sabía a cuál de los dos dirigir alguna especie de respuesta que lo explicara todo.

—Eso está en mi CV —contestó y oyó el eco de sus palabras rebotando en el techo y en el piso—; también se puede leer en el sitio web del Hospital Académico de Uppsala.

—Pero lo que no está en su CV ni en ninguna parte son sus viajes a Cuba en repetidas ocasiones.

La frase *viajes a Cuba*, pronunciada entre aquellas cuatro paredes del aeropuerto de Miami, lo hizo reaccionar con fuerza.

—¿Y qué? —preguntó como emergiendo de una zambullida—; yo también he ido «repetidas veces» a las islas de Rodas, Fuerteventura, Sicilia, Gotland, Ibiza, Madeira, Menorca, Córcega, Öland, Zanzíbar y muchas más. ¿Eso es un delito?

—Eso es turismo —respondió el agente de los garabatos—; a ninguna de esas islas se le aplica la Ley de Comercio con el enemigo, *Trade with the Enemy Act* —enfatizó— según la cual el Departamento del Tesoro de Estados Unidos prohíbe a los nacionales, o a las entidades bajo la jurisdicción norteamericana, realizar *todo tipo* de transacciones financieras con el Gobierno Cubano, o con personas jurídicas o *individuos* de esa nacionalidad, a no ser mediante una licencia especial que usted, Dr. Leal, en ningún momento ha solicitado y por lo tanto no se le ha otorgado.

—Lo siento, lo siento —respondió Leal mirando su reloj pero sin ver la hora—. Tenía el corazón apretujado por lo que su hermano y su madre estarían pensando de él en ese instante, ¿cómo explicar lo que le estaba sucediendo? Ya la comitiva mortuoria estaría lista e impaciente, y dentro de un par de horas partirían para la funeraria. Ahora el frío del aire acondicionado se volvía calor debajo de su piel, y transpiraba como si tuviera fiebre.

—Nada de eso se me puede aplicar a mí —adujo—; yo no compro ni vendo nada, ni me dedico a las transacciones financieras, ni tengo acciones en empresa alguna ni jamás he hecho negocios de ningún tipo, ni los haré, con el gobierno cubano ni con nadie.

¿Cuánto tiempo habría transcurrido? ¿Sus hijos ya se habrían despertado en Uppsala?

—Trate de entender su situación. Usted no sólo ha transgredido la prohibición de viajar a Cuba, sino que se ha tomado la atribución de dar conferencias e impartir clases en La Habana.

—¿Y qué? —dijo, sin pensarlo dos veces— también las he impartido en Santiago de Cuba.

—El 16 de junio de 2004 el Departamento del Tesoro hizo públicas nuevas restricciones sobre quién puede, o no puede, *enseñar* en Cuba y quién puede, o no puede, *asistir a programas académicos* en ese país.

La repetición retórica de la frasecita *quién puede o no puede* se enredó en su mirada con los garabatos de la corbata del agente, que a todas vistas era quien cortaba el bacalao. ¿Debía guardar silencio? ¿Debía decir la verdad y solamente la verdad? No le daban tiempo para reflexionar.

—En los últimos años, usted ha impartido clases especiales de neurología pediátrica para alumnos de posgrado en el Programa Internacional de la Sección de Neurocirugía de la Universidad de Puerto Rico, en San Juan —afirmó el pecoso.

—¿Correcto? —inquirió el otro.

—Correcto —respondió Leal—. ¿Qué hay de malo en eso?

—Puerto Rico, doctor, *es* Estados Unidos. Por lo tanto, usted está acreditado profesionalmente en un centro de altos estudios de *este país*, bajo la jurisdicción de *este país*, y el hecho de haber vivido en Suecia desde hace más de una década no lo exime de la obligación de respetar *nuestras* leyes.

La boca se le llenó de saliva y tuvo un leve acceso de náusea. Apretó la boca, tragó y no dijo nada.

—Si usted residiera en Madagascar o en la Patagonia, sería igualmente culpable —intercaló el oficial de origen cubano.

Bien, pensó Leal, ya han concluido el proceso. Ya han llegado a la conclusión de que soy «culpable».

—Si están seguros de mi culpabilidad —dijo casi aliviado—, ¿para qué me retienen por más tiempo? ¿No es mejor que me dicten la sentencia?

El compatriota del doctor fue al grano:

—¿Usted es consciente de que la violación de la *Ley de Comercio con el enemigo* incluye pena de prisión de hasta diez años, y multas de hasta 250.000 dólares para individuos y un millón de dólares para organizaciones? ¿Usted sabe que la Sección 16 de esa ley permite imponer sanciones de hasta 65.000 dólares a los infractores, doctor Leal?

Hasta ese momento, el interrogado ni siquiera había atinado a preguntarse quiénes eran sus interrogadores. ¿A qué organización pertenecían, al FBI, al Servicio de Inmigración, al Departamento del Tesoro, al National Security Council o a la CIA? Cuando se hizo esa pregunta se sintió aún más abatido. Sea cual fuese la organización que lo acusaba, su situación sería la misma. Casi sin darse cuenta decidió no responder más preguntas ni hacer más comentarios. Que lo encerrasen, basta, pensó y volvió a cerrar los ojos, pues por unos segundos un mareo inexplicable convirtió la mesa en un tiovivo. Entonces oyó lo siguiente:

—En Cuba se está desarrollando un programa de ingeniería genética y biotecnología para usarlo con fines terroristas.

Con fines terroristas. Esa frase le cortó la náusea y le llenó la sangre de adrenalina.

—Nosotros desearíamos saber —dijo el interrogador jefe— por qué ha viajado a su país de origen sin que quedase huella alguna, en su pasaporte americano, de sus visitas a la isla de Cuba.

Traicionándose a sí mismo y a lo que había resuelto momentos antes, se oyó responder:

—Yo entro y salgo de Cuba igual que muchos otros norteamericanos: mediante un sistema de visas volantes... unos papelitos con cuños y cosas oficiales —la voz le falló al decir «oficiales»— que me evitan los trámites inicuos —hacía tiempo que no usaba esa palabra, y no hubiera podido explicar de dónde la sacó en ese instante— a los que todo ciudadano de este país tiene que someterse para poder viajar a Cuba.

¿Por qué seguía dando unas explicaciones que lo enredaban cada vez más en una telaraña tan absurda como las preguntas que le hacían? Porque creía, como toda persona que se sabe inocente, que «la gente hablando se entiende», y él tenía la razón de su parte. El efecto de su error se manifestó de inmediato.

—Es decir que usted *confiesa* haber burlado la prohibición de viajar a Cuba y de violar las restricciones académicas.

¿Acaso él había *confesado* algo?

—¿Y dónde le suelen otorgar esos «papelitos con cuños y cosas oficiales», doctor Leal?

—Una vez fue en México.

—Ah, sí, eso lo sabemos requetebién —completó el agente fumador con jactancia—, esa fue *la cuarta vez* que usted entró a Cuba *clandestinamente*. Fue cuando lo del congreso de expertos sobre...

—Restauración neurológica, cicatrización, citoquinas e inmunomodulación —dijo el doctor cada vez más consciente de que desde el principio debió guardar silencio y dar el teléfono de su abogado, el cotizado y temido Tony Galán.

—Eso mismo —corroboró el cubano, que parecía mucho más afanoso y frenético que su jefe americano—, y los comunistas lo invitaron generosamente.

Otto Leal se levantó despacio.

—Señores, si la justicia de este país tiene algo que imputarme, exijo la presencia de mi abogado. Si no, exijo que me dejen salir de aquí ahora mismo.

Fue como si los interrogadores, al fin, hubiesen obtenido la victoria que buscaban.

—¿Usted no siente ninguna gratitud por este país, doctor Leal? —preguntó la corbata amarilla y fue como una señal para que los espejuelos de carey rellenaran todos los vacíos posibles.

—¡Las becas que le dieron en el Colegio de Medicina, aquí en La Florida, cuando no era ni doctor ni nadie sino el hijo de un ferretero! Mire, Otto Leal, vamos a poner las cosas en su sitio. Usted es un guajiro de Aguada de Pasajeros, ninguno de sus familiares tenía un real cuando llegaron a este país y fue *aquí* donde se hicieron gente gracias a la generosidad de Estados Unidos. De modo que mire la situación de hoy: su hermano es un empresario de éxito en Miami y usted una eminencia en Europa.

La mente de Otto Leal no estaba organizada para salir airoso de aquel interrogatorio. Le sobraba inteligencia pero le faltaba sagacidad. Carecía de esa disposición carcelaria para la astucia y la celada, propia de los hombres dados a los negocios y las conjuras. Como tampoco tenía vocación de arrastrapanza, no era capaz de lamentarse ante sus interrogadores. Arrepentirse de los pecados que le atribuían estaba por debajo de su dignidad. Siempre le había dado más importancia a los seres humanos que a los espejismos de la política o el dinero. Quizá demasiado influido por las leyes de la fisiología, no era hombre de quimeras ni de chanchullos. Él era un médico, punto; ése era el territorio de su autenticidad. En una sala de cirugía, las lesiones de un paciente entronizan un universo dominado por una variante del caos primigenio, anterior al surgimiento de la vida. En torno a ese desorden se organiza una resistencia especializada, de alta tecnología. Fracasar en el intento de restaurar el orden vital forma parte del cálculo de posibilidades. Pero él estaba entrenado para combatir ese caos con los recursos más sofisticados, y devolver la armonía imprescindible para la preservación de la vida. Ésa era la esencia de su trabajo, y estaba orgulloso de él. Salvar a una niña con una lesión cerebral era, para él, un objetivo superior en este mundo. Perder a un niño en el quirófano representaba un fracaso tan descomunal que se creía inmunizado contra las decepciones banales. Sin embargo, la vida le había impuesto cierta predisposición a la melancolía. De pronto, su fracaso matrimonial y ahora el interrogatorio le demostraban que era un hombre más vulnerable de lo que creía ser. En vez de contraatacar en términos objetivos, Leal dijo con una hidalguía que fue tomada como una ridiculez:

—Las becas de la universidad me las gané por mi condición de estudiante brillante.

—El doctor nos ha salido jactancioso —anunció su especie de compatriota como cuando se recrimina, sin mirarlo, a un niño contestón.

—Señor Leal —dijo con aire compenetrado el americano—, ¿es cierto que el miércoles 8 de septiembre de 2004 usted fue retenido durante cinco horas en el Aeropuerto Internacional José Martí de La Habana?

Ocho de septiembre, dos mil cuatro, Aeropuerto Internacional José Martí, La Habana, pensó, sí, se dijo, tuvo que ser en esa fecha.

—Sí —respondió cuando estuvo seguro.

—¿Y cómo lo trataron, doctor?

—Tan arbitrariamente como ustedes me están tratando ahora. O quizás peor, porque no me preguntaron absolutamente nada. Después me devolvieron el pasaporte y me pidieron disculpas. Me explicaron que fue un error.

—Ah... Un error. Pero igual hubieran podido encerrarlo en una celda durante veinte años, sin hacerle una sola pregunta.

—Ya le dije que fue un error.

—¡Doctor, por favor! En las dictaduras no se cometen errores; allí se investiga quién es quién para actuar contra ellos.

—¿Y qué es lo que ustedes están haciendo conmigo ahora?

—Aquí existe una legalidad.

—¿En Guantánamo también?

—A ver, doctor, ¿usted no dijo una vez en Puerto Rico, en un banquete de la Universidad, que el sistema cubano es «inviable»?

—Probablemente lo haya dicho, porque lo pienso. Mucho de lo que han hecho es admirable; otras cosas no sirven. Tienen que cambiar muchas cosas para que el cubano de a pie disfrute de más libertades... También he dicho que el bloqueo de ustedes no los deja ni moverse.

—Doctor —dijo el oficial cubano mostrando compasión—, en Cuba hay fuerzas que no confían en usted.

—Me da igual.

—Quizá usted piense que los médicos que lo admiran son una garantía para su seguridad dentro de Cuba —intercaló el americano—. Pero ellos no son los que mandan en la tiranía.

—¿Acaso aquí mandan los médicos?

—A nosotros *nos consta* que en Cuba lo están vigilando por alguna razón.

—Hay científicos cubanos que le tienen envidia, doctor, y que han hecho informes contra usted.

Lo estaban sometiendo a un torbellino de informaciones imposibles de comprobar. Por un momento percibió que bajaba la guardia, tal vez arrastrado por la impresión de que estaban hablando basura. Puros chismes, especulaciones sin sentido. Ya el tema del interrogatorio no daba para más, pensó, y pronto lo dejarían irse de allí. Pero en ese justo instante el agente de la corbata le lanzó esta puñalada:

—Nosotros necesitamos saber si usted ha estado, o incluso trabajado alguna vez, en el Departamento 9 B, o en los laboratorios situados en la llamada Área 2 del Centro de Ingeniería Genética y Biotecnología de La Habana. Piénselo bien antes de responder.

¡Entonces eso era lo que buscaban! De nuevo se le encendieron todas las luces de emergencia. ¿Qué coño había dicho, 9 B, Área 2? Consciente de que debería callar, respondió la verdad porque creía que la verdad nunca puede salir mal:

—No recuerdo el nombre de los laboratorios ni de las áreas de investigación, pero me imagino que sí las he visitado. En realidad los científicos cubanos deberían ser más restrictivos y guardar más secretos, pues han hecho avances admirables, muchos de ellos inéditos, y el mundo de la ciencia, para no hablar del de la política, está lleno de facinerosos exentos de toda ética. Hasta Jimmy Carter estuvo allí con su comitiva cuando visitó Cuba, y vieron todo lo que les dio la gana y no encontraron nada raro. Si Carter hubiera encontrado una sola probeta sospechosa, me imagino que ustedes habrían invadido a Cuba.

Los oficiales lo miraban sin decir una palabra, y el doctor, ingenuo, cayó en la trampa del silencio y siguió metiendo la pata:

—Esa infamia de vincular los centros científicos de Cuba con el terrorismo no se la va a creer nadie. Lo que se ha hecho en Cuba para combatir científicamente la meningitis cerebroespinal epidémica es envidiable. Esa gente no tiene nada que ocultar. Allí entran habitualmente numerosos especialistas y alumnos invitados.

—No, doctor, disculpe —exhaló apasionadamente el agente cubano-americano— *nosotros* no podemos entrar en esos lugares sagrados de Fidel Castro.

—Igual no entenderían nada de lo que allí se hace.

—¿Y qué es lo que *allí se hace*, doctor?

—Investigaciones bioquímicas de altísimo nivel, aplicadas a la medicina; es decir, a la salud humana. También tienen programas aplicados a las producciones agropecuarias, acuícolas y al medio ambiente.

Mientras el doctor hablaba, el oficial cubano-americano tamborileaba sobre la mesa, esta vez con los diez dedos a un ritmo frenético: parecía que estaba tocando el piano.

—¿Usted ha visitado el Centro de Restauración Neurológica de La Habana? —preguntó casi sin despegar los labios.

—Desde luego —contestó un doctor cada vez más abrumado.

—¿Y el Centro de Inmunología Molecular?

—Sí, sí, allí tengo grandes amigos.

—Doctor, este país no sólo está en guerra contra el terrorismo; también está comprometido con la liquidación del régimen cubano.

—¿Cuántos presidentes americanos han intentado esa *liquidación*? ¿Nueve, once? ¿Ustedes quieren que yo logre lo que no han conseguido ellos?

—Necesitamos de sus conocimientos, su honestidad y su extraordinaria red de contactos científicos.

Ahora la voz del agente americano se había hecho sedosa.

—Doctor, escríbanos un sucinto informe sobre todo lo que sabe de esos centros de investigación. Díganos a quiénes conoce, en qué trabajan, dónde viven. Incluya a sus contactos venezolanos. Con eso le haría un enorme servicio a...

Leal volvió a levantarse. Apoyado con ambas manos sobre la mesa, experimentó una especie de vértigo. La imagen de Samuelito ocupó en ese instante una parte tan grande de su mente, que casi se olvidó del lugar donde se encontraba; exigiría ver el certificado de defunción y el dictamen del forense, pensó, ¿acaso Jorge no había mencionado a un médico forense, sin explicar nada más? ¿Habría existido alguna acción criminal en relación con la muerte de su hermano? Como si su compatriota no existiera, se dirigió al oficial norteamericano:

—Yo no he cometido ningún delito. Ni en Cuba, ni aquí, ni en ningún otro sitio; soy un hombre libre y no voy a escribir nada sobre nadie, ni voy a responder más preguntas.

—Atiéndame, doctor. Entre usted y yo no hay mucha diferencia: yo también nací en Cuba, yo también quiero lo mejor para mi país de origen, y por eso apoyo los esfuerzos de *este país* para llevar la libertad a Cuba. ¿No podría usted hacer lo mismo aunque fuera una sola vez?

—No.

Leal observó que al soltarle aquel sermón, el cubano torcía de un modo casi humorístico el finísimo labio superior. No supo explicarse por qué tuvo un pensamiento tan indigno, pero se le ocurrió que el agente podría ser «buena gente y simpático»: una delicia sentarse a charlar y beber con él, sí, seguro que era chistoso y jodedor, con esas cejas arqueadas que casi trazaban un semicírculo en torno a los ojos medio despistados, y las gafas con una armadura tan pasada de moda. Pero las circunstancias que los separaban eran siniestras, y en vez de simpatía sintió sólo hostilidad. Fue entonces cuando dijo algo que nunca debió haber dicho:

—La diferencia entre nosotros es que yo soy un científico, y usted es un esbirro.

—*We could force you* —musitó el patriota cubano-americano, que ahora también se puso de pie, con su carita de gracioso profesional un tanto oscurecida.

El americano permaneció callado e inmóvil, disfrutando del espectáculo con su cara ancha de estudiante que nunca logró alcanzar notas altas. Sus patillas eran rojizas y crecían, ralas, en un trasfondo de pecas desteñidas. Como si estuviera mágicamente atada por los garabatos de su insoportable corbata, su lengua permanecía paralizada en un silencio que aprobaba aquella gravísima provocación: *we could force you*.

De un modo totalmente irracional, como corresponde al que han amedrentado, temió por la seguridad de sus hijos e incluso por la de su ex esposa, a la que ya sabía que no amaba pero por la que hubiera dado la vida. Temió por el futuro de los niños sin poder dilucidar por qué. Ésa es la esencia del terror, pensó, un quebrantarse ante horrores imaginables. Habían logrado intimidarlo. Se sintió débil, *solo* en el sentido más amenazador de la palabra. Claro que podrían forzarlo. En realidad podrían hacer lo que quisieran con él, pensó, inventarle delitos, arruinar su carrera, someterlo a los designios del *Patriot Act*. El americano le devolvió el pasaporte y dio una orden silenciosa con la mano. Entonces su subordinado criollo le entregó el celular con estas palabras:

—Olvidemos el pasado, doctor Leal. Bienvenido a Estados Unidos.

Desde el otro lado de la corbata y de las pecas, no sin cierta cortesía, salió esta frase:

—*Welcome home.*

Dos

Le dio miedo alquilar un auto. Lo pensó unos instantes: disponer de un auto era imprescindible. Pero los vehículos hay que aparcarlos, pensó, dejarlos solos durante largas horas. Moverse siempre en el mismo automóvil le pareció arriesgado sin poder explicarse por qué. Podrían perseguirlo. Tenerlo siempre localizado. Podrían ponerle algo dentro para comprometerlo. Drogas, armas robadas, un explosivo. Se sintió ridículo y cobarde, pero optó por tomar un taxi. Ahora entreveía el interrogatorio como una escena que se desleía en su conciencia. Todo había terminado tan absurdamente como había empezado, y sin consecuencias aparentes. Tenía las caras de sus interrogadores grabadas en la mente, asociadas a una sensación de humillación. Trataba de concentrarse pero era incapaz de reconstruir paso a paso lo ocurrido. ¿Quién había dicho qué, y con qué objetivo exacto? Justo antes de entrar en el taxi vaciló unos instantes. ¿Y si tomara una decisión radical y volvía a Suecia en el próximo vuelo de SAS? ¿Acaso no era su presencia, y su apoyo sentimental, lo que sus hijos necesitaban en ese momento? Sí, sus hijos lo necesitaban, pero hubiera sido indigno desandar el camino de esa manera. ¿Hasta ese punto lo habían asustado? Si volvía a Suecia sin haber participado en el entierro de Samuelito, Lena pensaría que regresaba para luchar por su amor, o para obstaculizar su nueva vida. Por otra parte, Jorge diría:

—¿No ven que mi hermano es un miserable al que le da igual si Samuelito está vivo o muerto?

Finalmente, su madre pensaría que su promesa de pasar unas semanas con ella era mentira. Nadie le creería la historia del interrogatorio, y mucho menos la del burdo intento de convertirlo en un espía. Mientras se dirigía en taxi al hotel, miró las palmas reales con el meneo sabroso de sus penachos en la brisa, vio las auras tiñosas sobrevolando los conocidos edificios en el cielo limpio de Miami, y sintió una tristeza que le apretó el pecho y lo hizo sentirse niño de nuevo. Siempre le ocurría lo mismo cuando volvía. Los recuerdos le herían el corazón y le humedecían los ojos. En esa ciudad se había hecho un hombre, allí había tenido su primera novia y allí vivía su propia madre. Allí tenía amigos que se hubieran puesto locos de alegría al verlo. Pero en esta ocasión no llamaría a ninguno. No quería ver a nadie. En realidad, lo embargaba una extrañeza semejante a la que sentía en La Habana. Lo que tanto añoraba contrastaba con lo que veía. El resultado no era una decepción, sino una sensación de desarraigo. Sí, tenía deseos de volver a Suecia. A su trabajo, a sus amigos, a sus hijos y al lago Mälaren. Pero esos deseos, en vez de restañar la herida, la hacían sangrar aún más. Ya nunca estaré en paz aquí ni en La Habana ni en Uppsala, pensó. Siempre desearé encontrarme *en otro sitio*. Su vida estaba dividida y dispersa. Sin sus hijos y con Samuelito muerto, sus pies no encontraban una tierra segura para estar de pie. Él ya no pertenecía a aquellas calles, edificios y autopistas. ¿Qué ha pasado con tu vida, Otto Leal?, se preguntó. Samuelito había muerto en circunstancias inexplicables. En Uppsala, cada mañana un extraño les daría los buenos días a sus hijos, y luego los llevaría al colegio. A él, las autoridades de «su país» acababan de tratarlo como a un delincuente internacional. *Welcome home!* No podía dejarse llevar por el derrotismo, pensó, pero ante su nueva situación se sentía patético y vacío de recursos.

¿Cómo debe actuar un hombre para vivir separado de sus hijos? La pregunta era tan fútil que no se hubiera atrevido a formularla en alta voz. Si lo pensaba bien, más de la mitad de sus amigos suecos estaban divorciados. Solos o vueltos a casar, pero todos con hijos por aquí o por allá. Y ninguno se había muerto de dolor. En Cuba, ni hablar. En La Habana se habrían reído de él si confesaba su miedo a no poder vivir lejos de sus hijos. ¿Era una falta de hombría? ¿No son las mujeres las que, en virtud de su instinto maternal atávico, sufren más cuando les arrebatan los hijos? ¿Por qué sufría tanto él, el doctor cubano-americano Otto Leal, que siempre se había considerado todo un macho? Lo peor era que no le daba vergüenza ese sufrimiento.

Se hospedó en el hotel Cavalier. De sólo tres pisos y unas cuarenta habitaciones, y situado en el corazón de South Beach, el Cavalier es uno de los hoteles más módicos de Ocean Drive. Con su escayolería de cornisas verdeaguacate, sus ventanas de miel de abeja, sus merengues de cal y canto y sus suavidades de azul pastel, en esa zona los edificios *art déco* forman un maravilloso conjunto urbanístico frente al Atlántico. A Otto le gustaban los pequeños adornos de hipocampos amandarinados, los delfines durmiendo la siesta en las paredes rosadas y los caracoles de repostería, con su impresión de blandura en una ciudad cuadrada, chata y dura. Él había crecido muy cerca de allí, en un apartamentico de Lincoln Road, y no olvidaba lo que había sido Ocean Drive, y en general la playa entera, durante muchos años: el refugio veraniego de ancianos sin poder adquisitivo, la mayoría de ellos judíos, que bajaban de sus fríos y sus heladas del Norte para disfrutar del último sol de sus vidas en los entonces desvencijados hoteles de Miami Beach. Pero poco a poco fueron renaciendo los bellos hoteles, pequeños y acogedores, de estilo modernista. El doctor recordó el magnífico trío de Ocean Drive, el Leslie, el Carlyle y el Cardoso, que fueron los primeros en renovarse.

Eligió lo que allí llaman un *Deluxe Ocean-front Studio*, y en cuanto se aposentó como un rey con prisa, llamó a Lena desde su móvil. Quería hablar con los niños antes de que se hiciera demasiado tarde en Escandinavia. Lena no contestó y él dejó un mensaje: llamaría al día siguiente. Se dio prisa. Tendría que ir directamente a la funeraria. Había pensado llamar a Tony, pero de pronto le daban miedo los teléfonos, tanto el suyo como el de la habitación. No los usaría. Puso una montaña de dentífrico en el cepillo, y se lavó la boca como si hasta ese momento la hubiera tenido llena de excrementos. Le hubiera gustado quedarse mucho tiempo bajo la ducha. De alguna manera llevaba las palabras de sus interrogadores empegostadas en la piel. El baño era luminoso y estaba lleno de espejos. A través de la amplia ventana, por la que entraba el sol como un chorro amarillo, se podía ver una buena porción de Ocean Drive, las dos hileras de carros parqueados, los cocoteros alborotados por la brisa, la arena llena de bañistas y después el mar: el océano azul y blanco con su cielo abierto de nubecillas blandas, y el resplandor que le hizo recordar su infancia. Si algo le hacía daño en la fría y gris Uppsala, era la ausencia de ese azul liberador.

Puso un canal cualquiera en el televisor y salieron las noticias del día:

—En una casa del South West encontraron a cinco personas asesinadas, dos de ellos niños; a todos les habían arrancado una mano, la izquierda. Cuatro manos fueron encontradas en el sótano de la casa de al lado, perteneciente a un policía. Nadie sabía que en esa casa había un sótano. La quinta mano seguía desaparecida.

—Unos ladrones secuestraron a un niño, confundiéndolo con otro que era rico; cuando descubrieron el error, en vez de devolverlo a sus padres, lo enterraron vivo.

—Un gordo de 400 libras fue discriminado en un avión de United Airlines, donde recibió un trato humillante y vejatorio. Sus compañeros de asiento protestaron en términos denigrantes ya que el ofendido no cabía ni en dos asientos. Un miembro de la tripulación, en vez de defenderlo, le gritó delante de todos los pasajeros: «¡En el mundo hay gente obesa, gente rechoncha y adefesios como usted!» Semejantes insultos le produjeron angustia, palpitaciones y pesadillas. Para aliviar su ansiedad, se dedicó a comer hamburguesas y papas fritas en el Mc Donald de la esquina de su casa. Un mes más tarde, el hombre pesaba 501 libras y falleció de un infarto del miocardio, poco antes de conocer el resultado de su demanda millonaria a la United.

Apagó el televisor y se puso un elegante traje negro y un polo del mismo color. Levantó el auricular para llamar a la recepción y ordenar que le llamaran un taxi, pero se contuvo y colgó; mejor sería encontrar un *yellow cab* en la calle. Cuando ya había abierto la puerta para salir, el teléfono sonó. Quedó paralizado. ¿Quién podría ser? Absolutamente nadie sabía que él se encontraba en ese hotel, ni siquiera Tony Galán o su ex mujer. ¿Sería de la recepción? El teléfono seguía sonando. Cuando al fin respondió, no había nadie al otro lado de la línea. Colgó y leyó un papel que estaba al lado del teléfono:

Informe de seguridad para el Dade County

- Siempre esté atento a sus alrededores y esté seguro de cómo llegará a su destinación ANTES de partir.
- Si un motorista al pasar le indica que su automóvil está dañado, o le chocan el auto por detrás, NO PARE. Siga hasta la próxima estación de servicio o un área pública bien iluminada, y llame por teléfono para recibir auxilio.
- NUNCA recoja a personas desconocidas. Siempre esté atento al tránsito de peatones o curiosos alrededor de su automóvil.
- Estacione siempre en áreas bien iluminadas. Tenga las llaves del vehículo en la mano e inspeccione su interior y las áreas en torno al mismo, ANTES de subirse al automóvil...

En la carpeta* le dijeron que nadie había llamado a ningún Otto Leal. Se contuvo y no insistió. Claro, el teléfono no había sonado. Esa era su nueva no-realidad, su nuevo realismo trágico. Con la mirada de un hombre que se ha vuelto desconfiado, escrutó uno a uno a los huéspedes que se encontraban en el pequeño lobby, cursi pero placentero, con sus palmas ornamentales y sus butacas de vivos colores. Unos chorros de luz caliente se colaban por todas partes, la atmósfera no podía ser más agradable y tranquila, y por eso mismo se le antojó traidora. En el bar había una pareja sospechosa. ¿Qué tienen ellos de extraño, Otto Leal?, se preguntó, irritado, sin dejar de mirarlos provocativamente. El hombre miraba la televisión con cara de bobo mientras ella, bronceada y vestida de blanco, se aburría delante de un dry martini. ¿Qué importancia podían tener esos detalles? ¿Por qué eran sospechosos? Se estaba poniendo paranoico; él allí no conocía a nadie, nadie se fijaba en él y la maldita llamada pudo haber sido un error, no significaba nada. Pero al mirar de nuevo al recepcionista, que era un joven rubicundo y altanero, se le fue para la cabeza todo el estrés que llevaba encima.

---

*Carpeta: En Cuba, oficina de recepción de un hotel.

—¡Entonces usted pasó una llamada a mi habitación!

—Yo no he pasado ninguna llamada a su habitación, *sir*.

—¿Entonces quién lo hizo? —preguntó con obstinación.

—Nadie, *sir* —respondió el empleado, convincente pero a la defensiva.

—¿Aquí los teléfonos suenan solos?

—Disculpe *sir*. Si el que lo llamó tenía el número de su cuarto, con toda seguridad lo llamó directamente, sin pasar por la recepción.

—¿Y usted dio el número de mi habitación, *sir, sir, sir*?

—¡No, *sir*! Nosotros no damos ese tipo de información.

En vez de tomar un taxi en Ocean Drive, deambuló por varias calles como si se hubiera extraviado. La tarde era pegajosa, llegaría todo sudado al velorio. Bajó hasta la calle 10, le dio la espalda al mar y llegó a Washington Avenue. Luego avanzó sin saber a dónde, retrocedió y dobló varias esquinas por gusto, hasta llegar a Collins Avenue. Un pensamiento lo hizo detenerse: ¿acaso estaba aplazando, inconscientemente, el momento de encontrarse con Jorge y ver el féretro de su hermano? Lo que juzgó una conducta ambivalente de su parte lo irritó aún más, y no tardó en meterse en un *yellow cab* que le pasó por al lado a poca velocidad.

El taxista era un cubano de pelo teñido y piel curtida, arrugada y percudida como la de un pescador. Todo eso lo vio el doctor de una sola vez, y además observó que las manos del tipo eran desproporcionadas y rudas, y que a juzgar por las miradas que le lanzaba por el espejo retrovisor tenía ganas de hablar. En realidad él también tenía deseos de sentarse a chacharear con cualquiera sobre cualquier cosa. Pero se ensimismó para escuchar sus voces interiores, de modo que no oyó al taxista cuando le preguntó, dos veces, a dónde lo llevo, Maestro, a dónde quiere que lo lleve.

Como Otto seguía en otro mundo, el hombre empezó a canturrear, siguiendo a su manera la melodía de un conocido son montuno: *El día que yo me muera/ que me pongan un sombrero/ por si allá, en el otro lado,/ me agarrara un aguacero.* Por uno de esos milagros de los nervios recalentados, que al menor roce revientan o se relajan, el doctor se echó a reír. Fue una risa entrecortada, liberadora y fañosa, y tuvo que taparse los ojos con una mano para secarse las lágrimas con la otra. El taxista captó el ataque de risa y repitió a dónde lo llevo, Maestro, a dónde quiere que lo lleve. El doctor respondió que tenía que comprar flores.

—Lléveme a una buena florería.

—Ah... repuso el chofer, ¿va para una boda?

—Voy al entierro de mi hermano.

Esas palabras surtieron un raro efecto en el taxista, y su voz sufrió una transformación.

—Virgen de la Caridad, ¡cómo me haces esto! Yo cantando sobre *el día en que yo me muera*, ¡y este señor va a enterrar a su hermano! Mire, Maestro, no me pague. ¡Dios me libre de cobrarle a usted! Maestro, le acompaño en el sentimiento. Ahora mismo lo llevo a la florería Tosca, en la Calle 8, que es la mejor de este país.

El asfalto se tragaba el calor de julio como un purgante, y lo exhalaba contra las paredes, la gente y los autos en bocanadas irrespirables. No es masoquismo, pensó, pero este calor me hace bien. Dentro de la florería imperaba una atmósfera de fragancias necrofílicas: estaba en la morgue de las flores, y como no sabía lo que buscaba, la florista hizo un amable recuento de las posibilidades que existen para rendirle tributo a un hermano fallecido. También le habló de las composiciones florales más adecuadas para manifestar su condolencia con el resto de la familia.

—Usted es uno de los familiares más cercanos del difunto, por lo que un *bouquet* para ponerlo encima del ataúd es un arreglo conveniente. Un ramillete presentado en un trípode es también una buena opción, sin olvidar las ofrendas para *el interior* del ataúd, que son pequeños diseños florales en forma de cojines, corazones, etc., que se colocan *junto* al difunto.

El cliente no daba señas de entender, y la muchacha insistió:

—Es decir, señor, *dentro* del féretro. Ese tipo de arreglos suelen ser muy apreciados por los familiares cercanos del fallecido, pues ofrecen un gran consuelo en el momento de la despedida.

Esbelta, de piel morena y pelo teñido de rubio, la muchacha lanzaba miradas que al salir de sus ojos estaban llenas de vitalidad, para languidecer a corta distancia del objeto de su mirada.

—También tenemos gran variedad de diseños circulares que se consideran el símbolo de la vida eterna. ¿O quizás prefiere un diseño floral *personalizado*?

La dependienta creyó que la propuesta había caído en suelo fértil.

—Los tributos florales *personalizados* —abundó— consisten en añadirle a las flores algún elemento estimado por el difunto, como libros, por ejemplo, si era un asiduo lector, una biblia si era un ferviente cristiano, o cañas de pescar si ése era su hobby. Una foto de la mascota querida del difunto brinda mucho consuelo a los dolientes. Por eso las fotos de perros y gatos, sin excluir las jicoteas, los gupis, los periquitos, los hámster y hasta los autos y los televisores, se han hecho populares en este tipo de arreglos. Con esto le explico, señor, que cualquier ser vivo u objeto que haya tenido un valor entrañable para el fallecido puede funcionar muy bien combinado con las flores. Incluso el revólver preferido del difunto, o cualquier otra arma de su preferencia en vida, digamos un rifle, una ametralladora, en fin... aquí hemos hecho diseños florales hermosísimos y estrictamente individualizados, por ejemplo, uno que hicimos hace poco con cinco granadas de mano que un anciano cubano muy patriota, Dios lo tenga en la gloria, había reservado para el día de la lucha final contra Fidel Castro. Pero la muerte a causa de la edad lo sorprendió aquí al pobrecito, y sus seres queridos le ofrecieron un arreglo para el interior del ataúd, con el anciano envuelto en la bandera cubana y enterrado pegadito a sus granadas de mano, dispuestas en un racimo adornado con caléndulas (que significan dolor), cornejos (que simbolizan amor no disminuido por la adversidad) y, si mal no recuerdo, una composición de gladiolos (que significan fortaleza de carácter), todo envuelto en una frágil enredadera de cundeamor.

El doctor se esforzó por apartar de su mente la figuración de aquel cadáver llevando su arsenal al más allá, como si en ultratumba fuese a ganar la batalla que no tuvo cojones de librar en vida. Entonces dijo que se conformaba con una pucha de flores. Cuando agregó que no muchas, por favor, la dependienta sonrió agresivamente y se puso amarga y casi grosera en el lenguaje de su bonito cuerpo.

—Dígame qué flores quiere y cuántas desea. Los claveles, si son rosados, significan *nunca te olvidaré*; las margaritas *inocencia*, las hortensias *gracias por comprenderme* y los lirios blancos simbolizan *la dulzura*.

—Ponga todo lo que quiera— claudicó el doctor.

Cuando entró de nuevo en el taxi, se llevó la sorpresa de su vida. En su ausencia, el chofer había ido él también a la florería y había comprado un aparatoso cojín, confeccionado con flores de todos los colores, tamaños y perfumes, que apenas cabía en el asiento trasero.

—Es para su hermano, Maestro —declaró el chofer con cara de duelo.

No tuvo corazón para rechazar un obsequio tan desproporcionado y vulgar, pero al mismo tiempo tan humano. El hombre le sonreía desde el espejo retrovisor y le faltaba un diente, un incisivo, pensó el doctor, y le dio las gracias. Cuando al fin llegó a la funeraria, no encontró el velorio de su hermano. Buscó y rebuscó como un poseso por todas las capillas. Pero en todas le dijeron que no, señor, está equivocado, disculpe pero no moleste, que no es aquí. Jorge le había informado por teléfono de que ese día, a partir de las tres de la tarde, el cadáver de Samuelito estaría expuesto en la capilla C de la funeraria Maspons, en el 4111 de Le Jeune Road en Coral Gables, de donde el cortejo fúnebre partiría tres horas más tarde, o sea, a las dieciocho horas, hacia el cementerio Woodlawn North para darle cristiana sepultura, previa misa en la iglesia St. Raymond en la calle 17 de la Sagüesera. Eran las cinco y cuarto de la tarde. El doctor sacó el papelito donde había anotado esos datos, y los comprobó de nuevo uno por uno: no había pérdida, era allí mismo, todo coincidía, había llegado cuarenta y cinco minutos antes de que la comitiva partiera hacia la misa en la calle 17. Pero no podía seguir insistiendo sin que lo tomaran por un impostor o un desquiciado, pues ya le habían demostrado, enseñándole la lista de los velorios de ese día, que en ella no había ningún difunto llamado Samuel Leal.

Salió abatido de la funeraria. Tenía la sospecha de que su hermano lo había hecho víctima de una trampa macabra. ¿Sería mentira lo de la muerte de Samuelito? No podía creerlo. ¿Lo habrían enterrado ya? No, no le cabía en la cabeza. ¿Lo habrían velado en otra funeraria? Llamar a Jorge era humillarse, pero no le quedó más remedio; lo llamó pero tenía el celular apagado. Preguntarle a algún amigo de la familia era peor todavía.

—¿Cómo es posible que no estés al tanto del entierro de tu propio hermano? —le dirían.

Tendría que actuar solo. El taxista no se había movido del sitio donde lo dejó momentos antes, y eso lo hizo sentirse menos solo. Se precipitó dentro del auto con las flores, y dijo:

—Vamos a todas las funerarias del Condado de Dade. Empiece por la Caballero o la Rivero, a ver si llego a tiempo.

Pero el asunto de las funerarias no era tan fácil como Leal creía.

—Maestro —explicó el taxista conduciendo a toda prisa—, desde el año 2000 las funerarias Caballero y Rivero se asociaron; no sé quién se comió a quién, pero ahora son un mismo negocio y se llaman Funerarias y Cementerios Caballero Rivero y tienen un montón de velorios y entierros, todo el tiempo y en todas partes. Son tan grandes en el negocio de la eternidad, que para morirse en este pueblo uno tiene que pedirles permiso. Son dueños de la Hialeah Chapel, la Westchester Chapel, la Kendall Chapel... ¿por dónde empezamos, Maestro? Ah, también tienen la funeraria de la Calle 8. De allí, el muerto va directico al descanso en el Woodlawn Norte, que está allí mismo.

Leal miró el cielo, que ahora era una mezcla de gris negruzco y añil impávido, como si estuviera a punto de caer un aguacero. Después le echó una ojeada a la florería itinerante que llevaban en el taxi, y se dijo que a partir de ahora tomaría las cosas con más calma. Pero en ese mismo instante se traicionó, porque empezó a pensar en su hija menor, su *niña chiquita*, y volvió a deprimirse. Recordó su expresión de angustia cuando le dijo que se iba «por un tiempo», a ver, se preguntó, ¿qué coño significa «un tiempo» para una niña de cinco años? «Tengo un diente flojo, papi», le había dicho, «y tienes que quedarte». Eso lo explicaba todo: un diente flojo. «¡Me va a echar sangre cuando se caiga, papi!», había dicho con media mano dentro de la boquita.

No, el velorio de Samuel Leal no se había efectuado en la funeraria Rivero ni Caballero. Se enteró al fin de la verdad en la funeraria Memorial Plan, donde le informaron de que el cuerpo de su hermano había sido velado *el día anterior*, desde las 9 de la mañana hasta las 10.30, hora en la que se celebró una misa en St. Brendan's Catholic Church, seguida del entierro en el Miami Memorial Park. Mientras el taxista aguardaba fuera, le mostraron el anuncio aparecido en los periódicos del día anterior, que terminaba así: *Le sobreviven su madre, Doña Paulina de Leal, y su hermano Jorge.* Era como si en la familia Leal no hubiese nadie que se llamara Otto.

No fue difícil encontrar la tumba recién cerrada de Samuelito. El taxista insistió en acompañarlo y Otto no lo rechazó. Depositaron las flores, el chofer se persignó y tuvo la discreción de alejarse sin demora. Otto Leal no derramó ni una sola lágrima, y durante un rato no dijo nada en voz alta. Cabizbajo, no parecía notar el viento de agua que alborotaba las flores de la tumba y refrescaba el sudor de su espalda. Samuelito siempre había sido «distinto». No había terminado el College. Había estado preso una vez (Tony Galán lo sacó de la cárcel bajo fianza). Nunca había tenido un trabajo fijo ni ninguna novia «duradera».

—Perdóname hermano —dijo mientras el cielo se revestía de turbonada—, no tanto por no haber llegado tarde sino por los años de silencio egoísta de mi parte. Perdona mi indiferencia ante tu vida, y mi desconocimiento de tus problemas. Tú eras el más chiquito, y siempre estuviste un poco a un lado, en la periferia. Nunca te adaptaste, Samuel, ni a Miami ni a nada. Abusaste de ti mismo y te achantaste, no quisiste «prosperar» como Jorge y yo. Ahora me duele no haberte llevado a Suecia para conversar a solas frente al fuego, con la leña de abedul crepitando en la chimenea, rodeados de la ventisca helada, que es cuando uno le coge más miedo a la soledad. Mil veces soñé con esa escena de armonía entre nosotros, lejos del barullo de Miami. Pero ahora estás muerto. Para mí tú eras eterno. Tú nos enterrarías a todos, uno por uno, incluso a mí el primero, con tu haraganería y tu buen humor. Disculpa estas palabras sin hilo y este florerío, que a ti te hubiera dado risa.

Dicho esto, y como si no notara que había empezado a llover, Leal se quitó la chaqueta y se echó a llorar bajo el cielo de Miami.

Tres

El aguacero humanizó los troncos de los jagüeyes de Coral Gables. El agua chorreaba lustrando su corteza y las ramas parecían brazos forzudos, con tendones oscuros que brillaban a la luz de un sol que resucitó con un brío insólito, casi a la hora de ponerse. La lluvia no duró mucho: se vació a sí misma sin refrescar el ambiente lo más mínimo. Delante de la casa de su madre, Leal se despidió del afable taxista como de un amigo de toda la vida. No fue fácil pagarle; el hombre era cabeciduro y se obstinó en no aceptar el dinero, pero cedió cuando Otto lo reconvino:

—¿No se da cuenta, Maestro, de que me ofende con su terquedad?

Pese a su senilidad, la madre de Otto seguía viviendo sola. Su nombre completo era Paulina López de Leal y tenía ochenta y dos años. Lo de *de Leal* se lo había puesto en Miami; en Cuba, su condición humildísima no se correspondía con esa finura. En esa casa de Coral Gables había vivido los últimos diez años. Cuando se quedó viuda, Samuelito se fue a vivir con ella. Otto ni siquiera sabía que Jorge había empleado a dos asistentas que se turnaban para ocuparse de ella. Lo recibió una de ellas, una mujer jovial de unos cincuenta años que estaba vestida de enfermera. De aspecto maternal, formas redondeadas y algo de sobrepeso, su traje blanco —cofia y todo— reforzaba la sensación de seguridad que producían sus ojos verdes. Se llamaba Berta y en cuanto le dio la bienvenida le advirtió:

—No se extrañe, doctor, si la señora no lo reconoce, o si se pone a decir boberías. ¡En especial sobre asuntos de religión! Físicamente está muy bien, pero a menudo desvaría.

—¿Asuntos de religión? —preguntó Leal.

—¡Ay, doctor! No hay quien aguante los sermones de Paulina... La vejez le ha dado por predicar.

La noticia de sus «sermones» le ayudó a entender las caóticas llamadas de su madre. En medio de una conversación sobre sus nietos, podía endilgarle una disertación sobre el dogma de la infalibilidad de los Papas o hacerle un catálogo de las lecturas bíblicas aconsejadas «para los negligentes, los blandengues y los pusilánimes». La enfermera le habló de los chequeos que se le hacían con regularidad. Los resultados eran satisfactorios: la tensión arterial, la hemoglobina, los electros, todo. La hermana Berta, como la llamaban en la familia Leal, trabajaba parte del tiempo en el Mercy Hospital, donde debía presentarse dentro de una hora. Pero no podía marcharse hasta que no llegara la otra empleada. El doctor dijo que podía irse en cuanto lo deseara; él se encargaría de la anciana. Berta se marchó sin hablarle de Samuel ni darle el pésame.

En cuanto se quedó solo con su madre, se acercó a ella para observarla. Dormía profundamente, con el control remoto en una mano y la televisión encendida. Sobre sus piernas descansaba una pequeña biblia. Junto a ella había una mesita con un vaso de agua, una bolsa con esa asquerosidad que se llama marshmallows, unos espejuelos y una lupa. Otto apagó el televisor. El aire acondicionado creaba un clima más bien frío, y la anciana llevaba pantuflas y una gruesa bata de baño. Paradójicamente, no la notó tan envejecida. Su piel había alcanzado una transparencia que la ennoblecía. Paulina siempre había abusado del maquillaje; la imagen que Otto llevaba de su madre era la de un cutis siempre oculto por una espesa capa de colorete, cada milímetro de su rostro cubierto por una piel de mentirita que generaba una sensación de falsedad. Ahora, las arrugas al descubierto y la sequedad propia de la piel en la decrepitud la hacían más auténtica y cercana. Paulina había sido una mujer ambiciosa. Los éxitos comerciales de Jorge le habían proporcionado la dicha social que siempre anheló. Ostentar, codearse con «gente importante», ver su foto en las crónicas sociales y elegir a quién otorgarle el privilegio de acercarse a «los Leales», habían sido sus alicientes. Con sus hijos siempre fue distante y severa. Samuelito había sido la excepción. Ahora, ante aquel cuerpo arruinado por el tiempo, a Otto le costaba trabajo recordar las antiguas poses y los desplantes de vanidad. Mamá —dijo para sus adentros— tú siempre tuviste el corazón reseco.

El aporte que él había hecho a la vanidad materna era más bien simbólico. A Otto le constaba que ella solía decir:

—Mi hijo Otto es uno de los mejores cirujanos de Europa. Díganme qué doctorcito de este pueblo puede pertenecer, ni siquiera en sueños, a la plantilla de la Neurodivisión Pediátrica del Hospital Académico de Uppsala, *Sweden*.

Cuando se despertó, su hijo percibió un hedor creciente. Por más que su oficio lo obligaba a entender de dónde provenía aquella peste, *como hijo* tardó en aceptar que su mamá evacuaba excrementos involuntariamente. Otto le acarició las manos, sin saber por dónde empezar. ¿Cómo explicar su ausencia en el velorio sin decirle que Jorge lo había engañado? La anciana lo miró sin la menor señal de reconocerlo, y dijo con aire misterioso:

—Un sujeto de origen cubano se llevó a su familia de vacaciones a Texas. En cuanto se instalaron en el hotel, el muy degenerado asesinó a su esposa y a sus dos pequeños hijos. Seguidamente, se tiró por el balcón para suicidarse.

—¿Cómo estás mamá?, soy yo, Otto... Acabo de llegar de Suecia y...

—¡Pero el parricida sobrevivió! —exclamó ella—. Ahora está parapléjico y condenado a morir en la silla eléctrica.

La viejita, pensó el doctor, está intoxicada de tanto mirar la televisión.

—¡La ruina caerá sobre las muchedumbres, las naciones, las lenguas!

El doctor le apretó la mano con pesadumbre, y decidió que la llevaría al baño para limpiarla. Paulina se reclinó en el sofá, el hedor se recrudeció y un temblor recorrió al hijo, cuando pensó que tendría que desnudar a su propia madre y limpiarle la mierda con agua y jabón. Probablemente ella se negaría, incluso con violencia. Pues hay un misterio que persiste en medio de los desórdenes de la decrepitud, y es el de la integridad corporal, el carácter sagrado de lo más íntimo, cuya violación produce vergüenza pese a la desorientación general.

—Voy a quedarme un par de meses en Miami, vieja, y vendré a verte todos los días. Tenemos tanto que hablar...

Ella respondió sin mirarlo:

—El mundo sólo promete cosas temporales y vanas. El débil alaba al débil, y éste al ciego, y todos ensalzan al falaz.

Otto estaba conmovido. No sólo había perdido a su hermano y a su esposa: su mamá también se había ido a vivir a otra parte.

—Hijo: los corruptos se confabulan para denigrar al puro.

¿Había oído bien? ¿Había dicho *hijo*?

—¿De qué vale la prédica del Señor? Ellos buscan la vil ganancia y porfían por una moneda. ¡Ellos se humillan por deshonrosas promesas! ¡Se prostituyen y persiguen a los que envidian!

Ahora lo miraba con la fijeza cegata de los viejos, y al doctor, tan acostumbrado a los desastres humanos, se le heló la sangre cuando la escuchó.

—Un ladrón se robó un auto en el Down Town y huyó a toda velocidad. Yo, ¡tierra y ceniza! —clamó—, el ladrón cogió por Biscayne Boulevard en dirección a Brickell, y cuando al fin chocó en la esquina de la calle 2 del South West con la 19 Road la policía lo acribilló a balazos. Sólo entonces descubrieron que el ladrón era tu hermano Samuel.

La anciana hizo una pausa y dejó caer la cabeza sobre el pecho, como si se le fuera a desprender. A Otto le dieron ganas de zarandearla. Lo que su madre acababa de narrar podría ser la verdad. La puerta de la calle se abrió con sigilo, alguien que disponía de llave entró y Otto deseó que fuese Jorge. Pero era la otra asistenta. Él la recibió con una expresión hosca, casi con agresividad. ¿Entonces a Samuelito lo había matado la policía? ¡Lo habían acribillado como a un criminal, y Jorge no le había dicho nada! ¿Por qué tenía Samuelito que robarse un auto? La asistenta se presentó con sencillez.

—Milena para servirle, doctor —y se notaba que no era cubana.

Milena puso manos a la obra. Desapareció por una puerta y emergió cambiada de ropa.

—Disculpe doctor Leal —dijo en un murmullo, y se sentó al lado de la anciana. Así estuvo un rato, muy cerca de ella entre susurros y sonrisas como si chismosearan, hasta que al fin, en virtud de algún exorcismo, logró que Paulina se levantara por sus propios pies y la condujo al baño.

Cuando se quedó solo, se percató de que no tenía hambre ni sed pese a que no había comido ni bebido desde hacía muchas horas. Era algo que sólo le sucedía ante una operación compleja: perdía el apetito y hasta la noción de su propio cuerpo. De repente sacó el móvil y llamó a Lena, sin pensar en lo inoportuno de la hora. En Suecia eran las dos de la mañana pero qué coño, pensó sin demasiada autocrítica, ella era la madre de sus hijos y él necesitaba saber cómo estaban. Deseó que Lena le contestara de mala gana, para tener un pretexto de reñir un poco. Pero no respondió ella sino el nuevo hombre de su vida, el padrastro de sus hijos, con voz sonámbula. Lena se puso al teléfono y desde la primera palabra lo trató con una dulzura que lo frenó de cuajo. ¿Entonces Lena aún lo quería? No. No podía engañarse. Ella era así: considerada y sensata. Los niños estaban bien, Alma quería irse a vivir con él cuando volviera y, un orgullo de padre, mezclado con algo de revancha, lo hizo sentirse mejor y hasta le entró hambre. La asistenta empezó a pasar la aspiradora. Incómodo por su presencia, él se puso a dar paseos de cuarto en cuarto hasta que ella apagó el aparato y dijo que la señora dormía.

—¿Desde cuándo no tiene control de esfínteres?

La empleada se ofendió.

—¡Paulina no tiene problemas de ese tipo! Lo de hoy ha sido una excepción. Algo le ha caído mal.

Ella retomó su trabajo con energía, temerosa de que sus miradas se cruzaran.

—Por favor, señorita; necesito hablarle.

Ella dio varias vueltas más con la aspiradora, como si la situación le resultara embarazosa. Después apagó el aparato y lo miró de frente. Era una trigueña larguirucha, con unos labios llenos y de un rosado natural. Sus ojos castaños, en aquel semblante ovalado, emitían una luz de ámbar similar a la tristeza de los abedules en los otoños de Uppsala. Su cabellera, rizada y negrísima, le cubría los hombros y media espalda en una cascada gloriosa. Otto se deslumbró con el brillo de aquella pelambrera. Hacía añares que no se acercaba a una cabellera así, como una manigua agreste y al mismo tiempo delicada, en torno a un rostro aniñado en el que se adivinaba una agitación contenida. Para su asombro, no fue él quien comenzó a hablar sino ella:

—Disculpe, doctor Leal, pero yo no soy la persona más indicada para contarle todo lo que tiene derecho a saber. Siento mucho lo de su hermano. Pero le voy a hacer una advertencia: no me haga preguntas, porque no las voy a responder.

Y arrancó de nuevo la aspiradora, inclinándose hacia delante para ocultar la cara tras la cortina de su pelo.

Desorientado, él se replegó sobre sí mismo ante el buen juicio de la joven. Sí, él pretendía hacerle preguntas sobre la muerte de Samuelito. Se dejó caer en una butaca con los ojos cerrados, y permaneció así hasta que la aspiradora dejó de sonar. Entonces descubrió que la muchacha lo estaba observando.

—Doctor —dijo como el que intenta reparar una injusticia— ¿usted se va a quedar a cenar con Paulina?

Otto dijo que no se quedaría a cenar. Comería algo sencillo en el hotel y se acostaría a dormir.

—Milena, le suplico que me diga por qué la puerta del cuarto de Samuelito está cerrada con llave. ¿Usted puede abrirla?

Ella le dio la espalda bruscamente.

—Le pedí que no me preguntara. ¡Pero usted no me respeta! Llame a Jorge y pregúntele a él.

Otto se puso su saco de luto, fue a la cocina y botó su teléfono móvil en el cesto de la basura. El aparato había estado en manos de sus interrogadores y le inspiraba una desconfianza que no por ilógica era menos intensa. ¿Y si Alma, Hugo o Amanda lo llamaban y *alguien* interceptaba la llamada? Finalmente usó el teléfono de la casa para llamar a Jorge. Lo encontró en la oficina, y en términos objetivos y normales, es decir hipócritas, se pusieron de acuerdo para cenar en un restaurante de Hialeah que Jorge eligió y que Otto, desde luego, no conocía.

Cuatro

El restaurante era pequeño y algo grasiento, pero con un indefinido aire casero que a Otto le gustó. Se llamaba Cuba Pork y, al entrar, tuvo la impresión de visitar a una de esas familias modestas que, sin llegar a ser humildes, economizan sus recursos para adornar las paredes con cuadros cursis y florecitas de plástico. Los comensales que había en ese momento eran de una gordura folclórica que honraba el nombre del establecimiento. Jorge no había llegado. Otto eligió una mesa al fondo, en una especie de saloncito anexo con un par de mesas, que a esa hora estaba vacío. Desde allí se dominaba todo el local y se veía la puerta de entrada. La camarera que le trajo el menú era una cuarentona sabrosa de largos brazos fibrosos y blancos; era atractiva, esbelta y culiaplastada, más bien alta y con los dedos machunos poblados de sortijas de plata. La armadura de sus espejuelos era de un rojo furioso, que se confabulaba con el tono de su pintalabios para darle un aspecto juvenil y algo frenético. Leal pidió una cerveza y le echó una ojeada al menú.

Lechón asado - *Roast Pork*

Masas de puerco fritas - *Fried Pork Chunks*

Filete de Puerco a la Plancha - *Grilled Pork Tenderloin*

Chuletas de Puerco - *Pork Chops...*

También tenían Rabo Encendido - *Oxtail*, Vaca Frita - *Fried Flank Beef*, Ropa Vieja - *Shredded Beef* y un Boliche Asado - *Eye Round Roast of Beef* que le llamó la atención. Ahora sí que se consumía de hambre. Llamó a la camarera y preguntó si las frituras de bacalao estaban buenas.

—Quien prueba una se come dos —dijo ella sonriendo.

Ante una respuesta tan categórica, Leal pidió tres frituras.

—No, señor —objetó ella en un tono cálido—, una orden se compone de *seis* frituras de bacalao. Aquí no se come para sobrevivir, como en Cuba, ni para adelgazar, como en Europa. ¿Usted no es de aquí, verdad?

Las sortijas de la camarera tenían, engastados, fragmentos de esmeralda y lapislázuli. Leal mencionó el país donde vivía y su profesión, y ella dio un suspiro fingido.

—Ya sabía que era un visitante exótico.

—¿Cómo lo supo, si me hace el favor? —preguntó él mientras fingía leer el menú.

—A ver, míreme.

Él obedeció.

—Ay no sé. Hay algo en su mirada... como un anuncio de que en usted se podría confiar.

—¿También se puede confiar en las frituras y en usted?

—En las frituras, sí —dijo ella y volvió a sonreír.

Portando una gorra de pelotero, gafas azules, un pulover ocre de rayas carmelitas y unos holgados bermudas blancos de cuadritos rojos, que dejaban ver unas canillas avejentadas y casi lampiñas, el policía, agente o funcionario de origen cubano que lo interrogara en el aeropuerto hizo aparición en el Cuba Pork. Lo acompañaba un muchachón pelado al rape cuyo traje tornasolado parecía ocultar un robot de acero inoxidable. A Leal no le dio tiempo a nada. En un santiamén el hombre se le acercó y, sin perdir permiso, se sentó junto a él.

—Tenemos cuatro minutos, doctor. Su hermano está en camino y...

—¿Pero van a seguir jodiendo?

—Todo lo contrario, doctor, he venido a pedirle disculpas. Vine a decirle que metí la pata, vaya.

—¿Cómo se llama usted?

—Pipo. Dígame Pipo.

Entonces «Pipo» había metido la pata. Si no fuera por lo repugnante de su misión, su aspecto era tan cómico que el doctor se hubiera sentido bien en su compañía.

—Discúlpeme por lo del otro día —dijo el agente. Usted tiene razones para sentirse mal. Lo que ha vivido en los últimos tiempos puede desequilibrar al más pinto. Nosotros no vamos a forzarlo a nada. Estamos a su entera disposición.

Leal sentía cierta simpatía por aquel compatriota envilecido, al que adivinaba manipulado por fuerzas desconocidas. ¡Qué de malabarismos lo obligaban a ajecutar!

—Entonces ustedes han pinchado el teléfono de mi hermano, o el de mi mamá, o ambos. Si no, ¿cómo se enteraron de que veníamos a este restaurante situado en el culo del mundo?

Por toda respuesta, Pipo inquirió en plan familiar:

—Doctor, ¿usted cree que yo deba dejar de fumar?

—Siga fumando. Por el camino que va, dentro de dos años dejará de fumar y de respirar.

—Ummm... —susurró— viniendo de una lumbrera como usted, tomaré en serio esa profecía.

—Mi hermano está al llegar. Le ruego que tenga la bondad de marcharse.

Ahora el hombre empezó a hablar con la rapidez de una ametralladora.

—Un hombre como usted, doctor... habituado a cierto nivel de vida... buena casa en el reparto más lujoso de Uppsala... propietario de un yate y una casa de campo (una *stuga*, ¿no se dice así en sueco?) tendrá dificultades a la hora del divorcio. Bueno, su yate no es muy costoso —reflexionó mirando para otro lado—, nada que ver con el de su hermano Jorge, por ejemplo, que tiene 64 pies de eslora y sólo el equipo de navegación cuesta 90.000 dólares. Pero es un símbolo de su estatus y reflejo de su situación laboral. El divorcio lo enfrentará a una situación nueva, eso nos pasa a todos. No creo que se quede a vivir solo en esa casa tan espaciosa, ¿no? ¡Más de doscientos metros cuadrados! Y su ex mujer le exigirá veinte cosas. ¡Cuente con nosotros, doctor! Las autoridades suecas no tienen que enterarse de las sumas que usted reciba. En ese país el Estado es un explotador. Aquí le dejo esta tarjeta. Es de una lavandería que desde luego no existe. Pregunte por Pipo y diga que es de parte de Harry.

—Recuérdelo: *Harry*. Y una vez más, discúlpeme.

El de la puerta de entrada hizo un guiño y el perseguidor de Otto Leal se puso de pie:

—Cuarenta segundos —dijo sonriendo—, coño doctor, no nos defraude. Necesitamos de su experiencia, su capacidad científica y su comprobado sentido de la responsabilidad. *Eleven seconds... See you.*

Esos once segundos fueron una eternidad para Otto Leal. Si la camarera no le hubiera servido una cerveza en ese justo instante, habría ido a robársela en la barra.

De cuello y corbata, Jorge Leal entró en el Cuba Pork. Otto abrigaba la esperanza de que viniera con Nora, pero estaba solo. Miró a todo el mundo por encima del hombro, como si hasta los *Pork Chops* de los comensales (que ahora eran numerosos) tuviesen el deber de rendirle pleitesía. Cuando lo vio, se dirigió a él con paso firme. Otto se levantó como para abrazarlo, pero Jorge se sentó, evitándolo groseramente.

—No fuiste al entierro de Samuelito —dijo.

—Por culpa tuya. ¿Por qué no me diste los datos correctos? ¿El nombre de la funeraria, el día, la hora? Todo lo que me dijiste por teléfono era falso.

Siete años mayor que Otto y exento de todo escrúpulo e inquietud intelectual, pero con una habilidad especial para hacer amistades *rentables* en el ámbito de la política, Jorge Leal había encaminado su vida en una dirección totalmente opuesta a la de su hermano. Si bien entre cubanos la toma de posición política puede generar inquinas insalvables, las contradicciones entre Jorge y Otto eran de las que arrastran a los hombres por derroteros opuestos a causa de las diferencias en el saber y el sentir. Si Otto mostraba un desinterés total por reproducir el dinero que ganaba con su trabajo de cirujano y profesor, Jorge nunca vio otro destino que multiplicar su fortuna. Si Otto tenía una imagen de sí mismo basada en principios de solidaridad con los menos favorecidos, y se identificaba con el dolor humano en todas sus manifestaciones, Jorge se veía como un ganador de la vida sin ninguna consideración con los perdedores. Él había apostado por el bando correcto de la Economía y la Historia, y éstas le habían dado la razón. Él había luchado con denuedo por alcanzar un puesto cimero de empresario en el sur de la Florida, y en el camino de lograrlo se había ganado la admiración y el temor de sus adversarios.

Todo comenzó en la ferretería de su padre, «el viejo Leal». Mientras Otto estudiaba, Jorge doblaba el lomo catorce horas diarias para incrementar las ganancias, hacer contactos en el mundo de la construcción, buscar nuevos mercados y expandir el negocio. En los años ochenta penetró en la zona privilegiada, corrupta e inapelablemente anticastrista donde se confunden los negocios y la política en Miami: conoció al hombre que al fin de la década sería gobernador de la Florida, Jeb Bush. Eran los años del derrumbe de la Unión Soviética y una embriaguez de victoria cundió en los ambientes de los *latin builders* y sus socios étnicamente limpios de más al norte. Pronto se abrirían perspectivas infinitas de inversión en Cuba, y Jorge empezó a hablar de *reconquista*. Las inversiones serían masivas, multimillonarias y a un ritmo imparable. Él sonsacó a todo tipo de inversores con la consigna de que no alcanzarían los aviones, los abogados, los bancos ni los barcos para todo lo que habría que negociar, derrumbar, renovar, privatizar, adquirir y transportar. Las empresas no darían abasto para construir y remodelar hoteles, casas, industrias, casinos, aeropuertos, cárceles y cuarteles... Y como por arte de magia, en su condición de hombre políticamente fiable, obtuvo lucrativas prebendas y contratos inconfesables que lo catapultaron a la gloria financiera de Miami. Lamentablemente, la tozudez del pueblo cubano desmerengó las perspectivas de recolonización por medio del dinero.

Para Otto, su hermano era un ejemplo vivo de cómo los políticos locales usan su influencia para enriquecerse. Jorge sacó tajadas millonarias del Aeropuerto Internacional de Miami, en virtud de contratos fantasmas obtenidos gracias a sus conexiones políticas y su condición de donante (millonario) de la campaña electoral del alcalde Alex Penelas. Jorge, desde luego, presumía de tener un expediente acrisolado, lo negaba todo y disfrutaba de su posición. Nadie podía demostrar que hubiese estado involucrado en ningún tipo de corrupción. Según decía, sólo el trabajo duro y el talento empresarial son capaces de generar una fortuna en un país de libertad. El gobernador Jeb Bush lo designó miembro de la junta directiva de la Florida Atlantic University. Ese cargo halagaba su vanidad. Pero era un mérito embarazoso, pues sabía que desde el punto de vista intelectual era un ñame con corbata. Si algo le dolía a Jorge Leal era no poseer ni un solo diploma académico. Pese a sus millones y sus puestos cimeros en diversas directivas, seguía siendo un ferretero inculto. Muchas veces había hecho planes detallados, y nunca realizados, de estudiar arquitectura en la Universidad Internacional de la Florida. Ahora ya era demasiado tarde, y sólo aspiraba a obtener algún *degree* en administración de negocios.

—Deberías agradecerme que te avisara —dijo Jorge—; en realidad no debí hacerlo. ¿Recuerdas lo que pasó cuando falleció el viejo? No viniste, Otto, ¡no asististe al entierro de tu padre! ¿También tuve yo la culpa de eso?

—Yo estaba en un hospital de campaña en Bosnia. No pude moverme de allí y tú conoces bien esa historia.

Siempre que discutía con Jorge tenía que ponerse a la defensiva. Aunque tuviera razón, Jorge lo acorralaba y él daba justificaciones a faltas que no había cometido.

—¡Bosnia! ¿Qué coño significa Bosnia al lado de la muerte de un padre abnegado, que lo dio TODO por nosotros? A ti todo te da igual, Otto. De tantas vidas que salvas, te has olvidado de los tuyos, de tu gente, de Miami, de Estados Unidos, de tu pasado, y lo peor: de tus raíces.

—Tú sabes cuánto yo quería a Samuelito. Lo que me hiciste fue una canallada.

Jorge manoteó en el aire como si espantara una guasasa.

—Oye, si quieres hablar conmigo, olvídate de esas palabritas.

—Vamos al grano: no me dejaste participar en el sepelio de Samuel y no pusiste mi nombre en la esquela. ¿Cómo se llama eso, abyección o hijoeputada?

—Lo siento, hermano —dijo Jorge arreglándose la corbata, que por cierto era de un matiz carnoso con bolitas blancas—: *canallada, abyección, hijoeputada*. Con esa verborrea no vas a llegar a nada.

La camarera se acercó y Jorge hizo un gesto para darle la mano, pero ella lo rechazó.

—¿Por qué no quieres darme la mano?

—Acabo de pintarme las uñas —respondió la mujer con increíble insolencia, pues tenía las uñas cortitas de quien se las muerde, y el aspecto de quien jamás se las ha pintado.

En un tono confianzudo que desconcertó al doctor, Jorge dijo:

—Mira, Zoila, te presento a mi hermano. ¿Verdad que nos parecemos?

—Ya el doctor y yo nos conocemos.

—¿Cómo que se conocen?

—Desde hace media hora este señor pertenece a nuestra clientela fija.

Otto no sabía cómo interpretar aquel diálogo. ¿Sería que Jorge Leal, *Latin Bilder number one*, financiador de alcaldes, Constructor Imperial en La Cuba del Porvenir y Empresario Mayor de la Florida era asiduo de un cochambroso restaurante del barrio obrero de Hialeah? Otto advirtió que la camarera se sentía incómoda.

—Si te gusta mi hermano, aprovecha. Mira que se está divorciando.

—Todos los hombres siempre se están divorciando.

—¿Y las mujeres? —preguntó Jorge Leal.

—Ellas no deberían casarse nunca.

—¿Te gustaría vivir en un mundo donde sólo hubiera hembras?

—Me encantaría. Los hombres son una plaga imprescindible.

—¿Imprescindible por qué? —prosiguió Jorge como si le gustara el tema.

—Porque no se puede vivir para ellos ni de ellos.

Jorge se echó a reír, pero Otto pensaba en otra cosa: sus encuentros con su hermano eran como cuando dos trenes corren a toda velocidad el uno contra el otro. Cuando parece que van a chocar y destrozarse, se cruzan vertiginosamente en el último instante haciendo un ruido que hiela la sangre de los pasajeros.

—Yo no voy a comer —dijo Jorge.

—¿Cómo está la sopa de chícharos? —preguntó Otto.

—Espesa. Tiene trocitos de carne de puerco, calabaza y papa.

Cuando la camarera se retiró con el pedido, Jorge preguntó:

—¿Dónde te vas hospedar?

—No lo sé —mintió el hermano.

—Ya sé que fuiste a ver a mamá.

—Sí.

—¿Estaba sola?

—No.

—¿Pudiste sostener una conversación coherente con ella?

—Sí —volvió a mentir el doctor Leal.

—¿Qué te dijo?

—Que a Samuelito lo mató la policía. Que fue acribillado a tiros. Y tú no me lo contaste.

—Otto, cálmate. ¿No has visto que la vieja está senil? Samuelito chocó. Conducía a una velocidad tremenda y murió instantáneamente. Lo de la policía es una locura de mamá.

—No te creo, Jorge. Yo he sido sincero contigo. Te conté lo de mi divorcio, te dije cuán importante era para mí despedirme de Samuelito, verlo por última vez. Buscaré en los periódicos. Iré a la policía. Conseguiré que me muestren la partida de defunción.

—¿Y con eso lo vas a resucitar? ¿Y con eso tú y yo nos vamos a llevar mejor? Lo único que descubrirás es que hubo una confusión: muy cerca del lugar del accidente se produjo un intermezzo entre un delincuente y la policía, que efectivamente lo mató a tiros. ¡Esas cosas ocurren todos los días en Miami! Mucha gente se confundió; hemos recibido llamadas de amigos preocupados, pero eso no tuvo nada que ver con la muerte de mi hermano.

—De *nuestro* hermano.

—Mira, *brother*, tú nunca hiciste nada por Samuelito. Cada vez que se quedaba sin trabajo, ¿quién lo mantenía? ¿Tú le enviaste un centavo alguna vez? Ya ni sé cuántos años vivió con mamá, en una casa que es *propiedad mía*, con todos los gastos pagos. ¿Pagados por quién? ¿Por el insigne doctor asuecado? No. *Por mí.* Año tras año. Y la carga de tus estudios, ¿quién la llevó? *Estos* hombros, ¡mira! —cruzando los brazos,

Jorge se palmeó los hombros con ambas manos—. Y ahora tengo que irme. Tú sabes que soy un hombre ocupado.

Jorge se levantó y Otto dijo:

—¿Por qué el cuarto de Samuelito está cerrado con llave?

Jorge volvió a sentarse.

—En realidad eso a ti no te importa. Pero te lo voy a decir: porque yo hice vaciar su habitación. Porque hice desaparecer *todas* sus pertenencias. Ese cuarto está vacío para proteger a mamá, para que no tenga que recordarlo las veinticuatro horas del día. Ese cuarto no existe.

Y dándole un tirón a la silla, volvió a levantarse. Pero Otto lo hizo detenerse.

—Deberías quedarte un rato. Tenemos hablar.

Ante el inesperado tono suave de su hermano, Jorge se ablandó un poco.

—Nora quiere verte —dijo—. Ya sabes que te quiere y te admira. Pero como no te da la gana de decirme dónde estás metido, ni hay respuesta en tu celular, no podremos localizarte. Llámala tú, para que te invite a cenar. Los niños también quieren ver al famoso *médico sin fronteras*.

Nora era la segunda esposa de Jorge, una señora miamense de origen cubano que ya le había dado dos hijos: Robert, un adolescente, y Tiffany que ahora tendría unos 6 años. De su primer matrimonio Jorge tenía una hija adulta, Dulce, que se dedicaba a la música. Robert, Tiffany, Dulce..., pensó el doctor un poco enternecido, y el recuerdo de sus hijos volvió a atormentarlo.

—Para Dulce tú eres un ídolo —dijo Jorge con ironía, y se fue sin despedirse.

—¡Ni siquiera me has preguntado por tus sobrinos suecos! —le gritó casi, como un último intento de obligarlo a que se quedara; Jorge se dio la vuelta, sonrió e hizo un gesto de disculpa, como quien tiene demasiadas cosas en la cabeza para pensar en esas minucias.

Cuando la camarera trajo la sopa, dejó caer estas palabras:

—Lástima que yo no supiera que usted es hermano de ese señor.

—Y de haberlo sabido, ¿me hubiera dispensado un trato especial?

—Sí —dijo quitándose las gafas rojas—: lo hubiera botado de aquí.

Sin dar más explicaciones, siguió con su ajetreo entre las mesas. Otto apenas había comenzado a comer cuando vio que su hermano reaparecía en el restaurante. Al principio no lo reconoció, pues se había quitado el saco y la corbata, y se había puesto unas gafas negras que parecían un antifaz. Por un instante consideró la posibilidad de obligarlo, aunque fuese a empujones, a que lo escuchara para contarle lo que le había pasado en el aeropuerto. Decirle toda la verdad. Pedirle un consejo. ¿Qué significaba la visita relámpago de uno de los agentes, con su derroche de conocimientos sobre su vida privada *en Suecia*? ¿Y si Jorge, con sus contactos políticos y la cantidad de gente que conocía, pudiera ayudarlo? Pero su hermano no se dirigió a él sino a Zoila la camarera: la interpeló tomándola por un brazo pero ella, de un tirón, se soltó y respondió algo que Otto no captó. Jorge insistió en que lo escuchara, y entonces ella dijo en alta voz, como para que se oyera en todo el restaurante:

—¡Ya te he dicho que no cuentes conmigo!

Jorge comprendió que la camarera no transigía. Tartamudeó algunas frases, se quitó las gafas para secarse el sudor y se marchó. Otto terminó su cena con calma y sin entender nada, absorto en sus pensamientos. Nunca se había sentido tan fuera de lugar. Nunca había estado ante tantas incógnitas. ¿Debería hacerle preguntas a la camarera? ¿Qué relación la unía a su hermano? Tímido, decidió no preguntar nada. Pero entonces pensó: ¿por qué no vas a preguntarle nada si la camarera se ha mostrado afectuosa contigo? Has vivido demasiados años en Suecia, Otto Leal. Cualquier otro cubano habría encontrado una fórmula jovial para hablar con la camarera sobre Jorge. Cuando ella volvió para preguntarle si deseaba postre, él dijo brutalmente la verdad:

—No, gracias; estoy demasiado deprimido.

La mujer lo miró extrañada, como si de repente tuviese la obligación de entender algo para lo que no estaba preparada.

—Usted no es un Leal —murmuró.

—Sí, sí; Jorge es mi hermano, y mi nombre es Otto.

—Pero si está deprimido, y lo confiesa, usted no es un Leal.

—Pues soy tan Leal como Jorge, y estoy deprimido.

—¿No le da vergüenza decirle eso a una extraña?

—Aquí el extraño soy yo.

—Está deprimido por lo de Samuelito, ¿verdad? Lo acompaño en el sentimiento. Él también era un poco tristón, sólo que no lo exteriorizaba.

—Entonces usted lo conocía.

—¡Si se pasaba el santo día en esa barra!

—Cuando se sentía mal, me llamaba a Suecia y conversábamos.

—Samuelito era una fiesta. ¿Ve el afiche que está en la pared, detrás del bar? Lo trajo él.

Era un cartel de aspecto medieval y aparatosas letras góticas, que decía:

AQUÍ SE TRABAJA DURO
NO TRAIGA:
Desaliento
Enojo
Intrigas
Falta de fe
Hastío
Rencores
Amargura
ni
Recelos
NO ROMPA LOS... NERVIOS
PLEASE

Una de las camareras llamó a Zoila para que la ayudara. Algunos clientes, como si estuvieran en sus propias casas, se quejaban en alta voz. Pero Zoila hizo un gesto rotundo para que la dejaran en paz.

—¡Aquí no existe la democracia! —faroteó—. El Cuba Pork es mío y aquí mando yo.

—¿Usted sabe algo de cómo murió Samuel?

—Él venía mucho aquí —dijo la camarera evitando la pregunta—. «No vengo a comer sino a joder», solía decir, siempre muerto de la risa. Se daba unos tragos y yo me divertía oyéndolo hablar.

—¿Usted lo conocía bien?

—A los Leales nadie los conoce bien.

—Zoila —se aventuró a afirmar el doctor—, usted sabe muchas cosas de mi familia.

—Y todas me deprimen. ¿Qué le traigo de postre?

—Una crema catalana, por favor, con un café cubano. Y una copa de algo fuerte.

—¿Algo distinto?

—Me tomaré lo que usted me traiga, aunque me lo dé a cucharaditas.

—Pues le ofrezco un trago ilegal —dijo ella, y entonces se produjo ese pequeño milagro por medio del cual dos desconocidos empiezan a dejar de serlo: ella alargó la mano y le tocó el hombro. Fue un roce fugaz, y él hizo un movimiento imperceptible hacia su mano, tocándola sin decir nada.

—¿Qué trago podría ser ilegal —preguntó el doctor— en la tierra de los libres y los valientes?

—El ron del enemigo. Havana Club siete años.

Otto se echó a reír. ¡El ron del enemigo!

—¿También tiene tabacos ilegales?

—¿Qué quiere, un Montecristo, un Cohíba, un Partagás o un H. Upmann?

—¡Eso es *Trade with the enemy*!

—Un enemigo de humo.

—¿De qué murió mi hermano, Zoila?

La camarera lo miró con una expresión hosca.

—Pregúntele a su hermano.

—¿Jorge come aquí a menudo?

—Él viene cuando le conviene. Tu hermano cayó como cucaracha en manteca.

—No entiendo, Zoila.

—¿Puedo tutearte?

—Tutéame.

—Acabas de venir del Polo Norte y ya quieres entenderlo todo. Esto es Miami.

—No entiendo, Zoila.

—¿Es verdad que eres médico?

—Eso dicen en Uppsala.

—Uppsalá —repitió, con acento en la á—; qué nombre tan raro. Parece árabe.

Ahora el Cuba Pork se había llenado a más no poder, y el personal no daba abasto. Otto probó su Havana Club y saboreó su Cohíba, pasando revista a todo lo que le había ocurrido. De pronto se sintió capaz de afrontar cualquier peligro. Pero no tardó en desconfiar de su guapería. El ron me ha envalentonado, pensó. ¿No debería alquilar un auto esa misma noche? Eso le daría libertad de movimiento... El envalentonamiento se le disipó como las volutas del Cohíba en el ámbito sofritoso del Cuba Pork, y volvió a tener miedo. Estaba seguro de que lo tenían vigilado. No se atrevería a parquear el auto y después volverlo a usar. Estoy desarrollando una mentalidad de delincuente, pensó. Puso la breva a medio fumar en el cenicero e hizo una seña para que le trajeran la cuenta. Zoila vino, sofocada, después de servir masas de puerco a diestra y siniestra. Otto observó que hablaba con todo el mundo, a todos les sonreía y todos tenían que celebrarle algo, el peinado, las sortijas, la comida, los espejuelos frenéticos o la sonrisa. Si alguien se quejaba, decía:

—¡Aquí no existen la libertad, la igualdad ni la fraternidad! Y al que no le guste que vuelva a Cuba.

Cuando hubo pagado y dejado una buena propina, el doctor se despidió.

—No pierdas el trillo, doctor Leal —dijo Zoila, confianzuda—. Yo sólo cierro los lunes.

Se fue del Cuba Pork más confundido que antes. Cuando llegó a South Beach ya era noche cerrada. En la oscuridad se veía el parpadear de algunos barcos, cuyas luces semejaban llamitas de velas hudiéndose en el mar. Las terrazas estaban animadas y no quiso subir a la habitación, pues temió que el exceso de cansancio le impidiera dormirse después de la cena. Caminó un rato sin rumbo por la arena, disfrutando de la humedad sin pensar en nada, hasta que llegó al mar y vio que un grupo de jóvenes se bañaban, a esa hora, en medio de un griterío. De pronto se le ocurrió subir a toda prisa a su habitación, ponerse una trusa* y bajar a retozar él también en el mar de la noche. Pero no llegó a tanto. Se quitó los zapatos, se remangó los pantalones y dejó que las olas le acariciaran los pies descalzos. ¿Se estaría poniendo viejo? Cinco años atrás no habría vacilado en darse un chapuzón. Casi sin quererlo, pensó en la diferencia de la espuma que ahora se arremolinaba en sus pies, cálida e incitante, con el mordisco de frialdad que siempre le propinaba el Báltico. Él ya se había acostumbrado. Hosco y turbulento, lo fascinaba aquel mar que mezclaba tantos idiomas desconocidos, danés, alemán, finés, ruso, polaco, lituano, estonio...

Y en ese instante se sintió observado. Alguien registraba sus pasos. Lo percibió como una punzada imaginaria en la nuca. Pero no había nadie en la arena. ¿Quizás en la oscuridad, entre los cocoteros o hasta en el mar? Volvió al hotel. Lo que necesito es dormir, pensó. Se duchó, se sirvió un whisky e intentó reflexionar un rato más, asomado a la ventana y mirando la oscuridad del mar. Durante el día había planeado verificar si sus pertenencias habían sido removidas, si había alguna huella de que alguien las hubiese manoseado. Pero ni se acordó de hacerlo y, por lo demás, hubiera sido en vano. No tenía la menor idea de dónde ni cómo había dejado cada adminículo de higiene personal, cada pieza de ropa o los zapatos. Por primera vez en su vida, cada vivencia se le convertía inmediatamente en una adivinanza. Durmió diez horas seguidas, sin despertarse ni soñar nada.

---

*Trusa: En Cuba, bañador.

Cinco

Los días siguientes los dedicó por entero a su madre. Antes de ir a verla, se metía en el mar fresco de la mañana y nadaba durante casi una hora, como cuando era niño. Miami Beach ya no era tan limpia como antes, pero disfrutaba. A los pocos días notó que ese ejercicio, además de darle nuevas energías, le ahuyentaba los malos pensamientos. Todos los días llamaba a Suecia desde el teléfono de Paulina. Intercambiaba unas pocas palabras con Lena y después hablaba con sus hijos. Alma era la que más le preocupaba. A veces le pedía que volviera, o se mostraba rencorosa y fría, con ganas de pelear por cualquier cosa. En lo tocante a Paulina ya Otto había empezado a perder las esperanzas. De vez en cuando se quedaba mirándolo con ansiedad, y él creía que le iba a hablar normalmente. Pero en vez de llamarlo por su nombre hacía un discurso sobre las pandemias mortales, el enfrentamiento de religiones y las violentas conflagraciones con que Dios castigaría a los mortales. La segunda vez que se encontró con la amable enfermera del Mercy Hospital, se enteró de que Milena necesitaba un descanso pues padecía de dolores lumbares. Según Berta, la muchacha se había encariñado con Paulina y, pese a los dolores, rehusaba decírselo a Jorge para que, al menos por un tiempo, buscara una sustituta.

—Procure convencerla, doctor, para que se tome un descanso; Milena es muy buena con Paulina pero es cabecidura y a mí no me hace caso.

En vez de interceder por la salud de la asistenta, Leal optó por observarla y esperar. ¿Cómo iba a plantearle el asunto a Jorge, si rehusaba hablarle? Por lo pronto había decidido esperar en todos los frentes. Necesitaba recapacitar. Una mañana su madre lo reconoció sin dramatismo alguno. No hubo llanto ni muestras de sorpresa. Ni siquiera de alegría.

Paulina lo vio llegar y lo abrazó temblorosamente, como si él nunca se hubiera separado de ella. Ahora que sabía que su hijo estaba con ella, el advenimiento del armagedón era aún más inminente y Otto empezó a tomar sus desvaríos como algo normal. La decrepitud de su madre, pensó, formaba parte de la anormalidad de su nueva vida. A veces tenía accesos de lucidez, y era como si volviera a tener madre después de haberla perdido. Ese día Milena la llevaría a «un acto muy importante», y propuso que Otto las acompañara. Él aceptó. Para estar cerca de ella había venido desde Suecia. Una peluquera vino a arreglarle el pelo a Paulina. Se llamaba Concha, Conchi y Conchita. Era oriunda de Guantánamo y un poco mayor que Paulina, pero de una vitalidad desbordante. Era coqueta y relamida, estaba bronceada hasta en los pliegues más escamosos de sus peores arrugas y había llegado a Miami en 1964. Con todo, daba la impresión de que nunca había salido de Guantánamo. Mientras Concha le ponía los rolos,* Paulina exclamó llena de entusiasmo:

—Te presento a mi hijo, cirujano de la Neurodivisión Pediátrica del Hospital Académico de Uppsala, *Sweden*. Él nos va a acompañar a La Cuba de Ayer.

—Pero niña —refunfuñó Conchita—. ¡Como si yo no hubiera visto crecer a tus hijos! Cuando Otto se dormía, tú le canturreabas:

Cachumbambé
la vieja Iné
que fuma tabaco
y toma café.

Al oír la cancioncita, Paulina se afligió:

—Samuelito no podrá ir a La Cuba de ayer porque lo mató la policía...

Otto la abrazó.

—¡Ay! ¡La policía me lo asesinó!

Milena intervino y se adueñó de la situación. Se la quitó de los brazos a Otto, le dio un beso en la frente y se le sentó al lado.

---

*Rolos: En Cuba, rulos.

—Vamos, *mamá*, arréglese el pelo y póngase bonita —dijo con naturalidad.

—Dios conoce nuestras flaquezas —dijo la anciana—, y se enternece cuando nos caemos de nuestros falsos pedestales.

Resignada, Concha suspiró y siguió trabajando en las canas de su amiga. Otto no sabía qué decir y se quedó callado.

—Su misericordia es lo único que no tiene límites —farfulló su madre.

—Él nos sufre y nos ama —respondió Milena, y Otto se preguntó si la joven formaba parte de la demencia de su madre. ¿Podría soportar todo un día con aquellas mujeres desquiciadas?

—Dios te bendiga, mi niña —susurró Paulina.

La peluquera dejó de trabajar y canturreó, con una voz afinada y grata: *Con qué tristeza miramos... Un amor que se nos va...*, y Paulina pegó un grito:

—¡El remordimiento que sentimos es el triunfo del demonio!

Otto entendió que los esfuerzos de la vieja peluquera por aliviar la tensión no daban resultado, y se dejó caer en el sofá con ganas de hacer algo drástico. Pero Milena parecía tener una solución para todos los problemas.

—Bienaventurados sean los que lloran —dijo—, pues ellos serán consolados.

Fue como un exorcismo. Paulina sonrió y propuso, como si a su hijo no lo hubiera matado nadie:

—Si Samuelito no puede ir a La Cuba de Ayer, inviten a don Hermenegildo *Rufy* Sánchez para que conduzca mi silla de ruedas. Él me quiere mucho.

De pronto la situación había dado un giro inesperado. Leal conocía al señor Hermenegildo Gómez, alias Rufy. Era un viejo amigo de la familia, también oriundo de Aguada de Pasajeros. El problema era que Rufy había muerto hacía diez años.

—Que se ponga la corbata azul que tanto me gusta —dispuso Paulina mientras le acariciaba las mejillas a Milena—. Si Rufy no puede ir, yo tampoco iré.

De pronto el doctor Leal se oyó diciendo el siguiente disparate:

—No te preocupes, viejita, que yo invitaré a Rufy.

Ahora Concha se secaba unos lagrimones turbios con una de sus toallitas. El sol de La Florida se filtraba feroz por las persianas, y el doctor sintió una revoltura en el estómago. La vieja peluquera lanzaba miradas como espinas hacia sus ojos, preguntándose cómo podía mantenerlos tan impíos y secos ante tanta desventura. ¡Había tenido el atrevimiento de prometer la presencia de un muerto! Por suerte pasaron unos instantes sin que nadie dijese nada. Ahora, por entre las lágrimas de Conchi se filtró hacia él un guiño en busca de complicidad. Pizpireta y con una vocecita capciosa, la peluquera dijo:

— Doctor, ¿es verdad que para sonreír hay que usar 17 músculos faciales?

—¡Sí! —respondió Paulina pegando un salto— que lo dijeron en Telemundo.

—¡Qué buena memoria tiene! —dijo la asistenta.

—En el simple acto de fruncir el ceño —informó la peluquera—, intervienen 48 músculos. Que lo dijeron en la TV.

—Sí señor —reforzó Paulina— fue en Telemundo.

Otto comprendió que debía montarse en el tren, y preguntó si también sabían a qué velocidad se transmiten los impulsos motores del cerebro y la médula espinal, mediante el sistema nervioso, a todos los rincones del cuerpo.

—¡No! —exclamó Conchi la peluquera, extasiada.

— A 30 metros por segundo —dijo el doctor.

—Treinta *metros* por segundo... —repitió Conchi, pensativa.

—Mil ochocientos kilómetros por hora —precisó el doctor.

Paulina, rejuvenecida dijo:

—Fantástico. Tráeme el espejo, Conchi, que quiero ver cómo estoy quedando.

Lo que iban a ver era una combinación de exposición, festival y venta de objetos y fotos que recordaban la Cuba de los años cincuenta. Actuarían diversos cantantes y habría bebidas, comida criolla, payasos y rifas. Otto comprendió que con la vestimenta que llevaba no podría asistir a tan distinguido evento, y dijo que tomaría un taxi para cambiarse en el hotel. Pero Milena se ofreció a llevarlo. De todas formas, dijo, ella también tenía que ir a su casa «y arreglarse un poco». Ya había dejado listo el almuerzo de Paulina y Concha, y sólo había que calentarlo en el microondas. Milena preguntó:

—¿Dónde está hospedado?

—En un hotel de Miami Beach —respondió él, evasivo.

Mientras la asistenta conducía, Leal dijo que no podía imaginarse el contenido de esa exposición sobre la década del cincuenta, que en Cuba fue funesta. ¿Mostrarían fotos de los revolucionarios que todos los días aparecían en las cunetas, torturados y acribillados por los esbirros de Batista? ¿Mostrarían la escalera y los pasillos ensangrentados de Humboldt 7?

—¿De qué? —dijo la muchacha y bajó la música que había puesto a todo volumen, y que por cierto era una cumbia ondulante y tibia.

—Nada, disculpe. Nada.

—Pero bueno, si ha dicho A diga B.

—Humboldt 7 es una dirección en La Habana. En 1957, unos jóvenes revolucionarios se escondieron en ese edificio. Víctimas de una delación, un policía llamado Ventura los asesinó a todos allí mismo, uno por uno.

La muchacha se permitió una sonrisita.

—¿Y usted de qué se ríe, Milena?

—Los cubanos se creen muy especiales. Yo soy colombiana, doctor —dijo como si revelase un gran secreto—. En mi país se cometen diez asesinatos políticos al día, hay un secuestro cada seis horas y más de 8.000 paramilitares. Como si fuera poco, tenemos la guerrilla más vieja del continente. Los asesinos de mi país son caballeros honorables de la política, los negocios y la cultura.

Leal comprendió que debía callarse la boca.

—Doctor... no le diga esas cosas a Paulina. Lo que ella necesita es entretenerse.

Cuando pasaron el McArthur Causeway, se quedó un tanto embelesado mirando el color turquí de la bahía, y se dio cuenta de la falta que le hacía la compañía de cualquiera que no estuviera al tanto de sus complicaciones. Propuso que almorzaran juntos en algún restaurante de la playa. La joven, que conducía en silencio, aceptó encogiéndose de hombros, y de pronto estaban sentados en una terraza de Ocean Drive. Como Milena seguía sin decir nada, el doctor dijo que había notado algo raro en ella, como si tuviera dolores cuando hacía ciertos movimientos.

—Sí, efectivamente, en los últimos tiempos he tenido que tomar analgésicos y antiinflamatorios.

—Cuando hay una dolencia, la automedicación no es recomendable —dijo él y dio una charla sobre los peligros de las lesiones discales y las contracturas musculares, producidas por la sobrecarga crónica de la columna lumbar. Luego mencionó varias veces la frase «irritación de la raíz del nervio ciático», dentro de un discurso que la chica no escuchó. Al fin terminó amenazándola con una difusa «sintomatología progresiva» que aparecería «a causa de posturas impropias y falta de higiene ergonómica». Cuando le preguntó si el dolor irradiaba por la parte posterior del muslo y la pantorrilla, hasta llegarle «al dedo gordo del pie», ya la joven se había tapado los oídos con ambas manos, como hacen los niños agobiados.

—¿Todos los médicos son tan pesados, doctor? —dijo muerta de la risa.

Sus dientes eran grandulones y blancos, y sus labios de un rosado que tendía a enrojecerse sin causa alguna. La risa la hacía lucir más joven de lo que era y él no pudo apartar la vista, durante un instante que se alargó demasiado, de los ojos de la muchacha: eran grandes, en realidad grandísimos y muy expresivos, debajo de unas cejas naturales y negras.

—Me siento ridículo —dijo, y en ese momento les sirvieron la comida y las cervezas. Los dos habían pedido lo mismo, *red snapper*, o sea, pargo a la brasa marinado con limón, aceite de oliva, ajo, comino y raspadura de naranja. La salsa de piña y mango estaba riquísima, refrescante y al mismo tiempo sustanciosa.

—Quiero aclararle que no me estoy riendo de usted —dijo la asistenta.

—Disculpe, Melina —repuso el doctor—, ya sé que esto no es un consultorio.

—Mi-le-na —aclaró ella con una carcajada—: ¡Mi-le-na!

—¿Y qué le dije yo?

—Melina.

—¡Perdón!

—Me dio risa lo de la irradiación del dolor hasta el dedo gordo. No entiendo cómo pudo adivinarlo.

—No lo adiviné sino que lo vi. Los médicos podemos ver esas cosas.

Ella volvió a reírse y él creyó ver una veta triste en su risa, un reducto de melancolía en la hilaridad que realzó la hermosura de su boca.

—Milena, ¿usted sabe cuál es la religión de mi madre?

—Ella es creyente.

—Sí, sí. ¿Pero a qué iglesia pertenece? ¿Será católica, mahometana, presbiteriana, adventista del Séptimo Día, bautista, metodista, testigo de Jehová, luterana o budista?

—¡Pobre Paulina! ¿Quiere que le diga la verdad? ¡Ella es todo eso al mismo tiempo! Yo la he acompañado a un montón de templos y de congregaciones religiosas, y todas le gustan. Salvo el islam porque es el Nuevo Enemigo de la Humanidad, y los *Scientólogos* porque no los soporta.

—Mi mamá es cristiana pero no es boba.

—¡Su mamá es una mujer maravillosa, doctor!

—Usted la trata con mucho esmero. Desde que llegué quería darle las gracias, y si no le molesta le ruego que acepte este dinero.

Leal puso un sobre en la mesa, e intentó explicarse:

—Es un regalo. No es mucho. Son mil dólares. Tómese unos días de descanso.

La joven lo miró con un destello de violencia en sus ojos castaños.

—Mire, señor Leal, si no le doy una cachetada ahora mismo, y si no le digo que es un insolente, es porque comprendo que es un forastero que no sabe nada de mí. Le voy a dar unos datos: uno, yo no me ocupo de Paulina por el dinero que su hermano me paga. Dos, mi padre es un hacendado cafetalero. Un latifundista, para que lo entienda bien. De modo que usted, con toda su neurocirugía, muy bien podría necesitar esa plata más que yo.

La joven levantó el sobre con el gesto engorroso de quien ha sido obligado a tocar algo muy sucio.

—¡Guárdese eso, por favor!

Leal vaciló un instante.

—¡Métase eso en el bolsillo, señor Leal!

Él obedeció, pero cometió el error de hacer este comentario:

—Usted es una niña pero tiene mucho genio.

—No me trate como si yo fuera su hija. Si me vuelve a decir que soy una niña le voy a decir la edad que tengo.

—¿Y eso es una amenaza?

—Obligar a una mujer a que proclame su edad es propio de un hombre de poca envergadura.

Leal estaba perplejo. Milena hablaba desde el territorio de la combatividad.

—Es que yo podría ser su padre.

—No sea ridículo, doctor. Yo podría ser su mujer.

—¡No, gracias! —bromeó él—. Me acaba de abandonar una y no ando en busca de otra.

Ella dijo, dibujando un mapa imaginario en el mantel, con trazos chapuceros:

—Mire: en Colombia hay tres cordilleras, la occidental, la oriental y la central. Todas ellas se unen en una especie de nudo lleno de valles, y en esos valles hay mucho café. En un lugar que se llama Quindío están las tierras de mi padre. Allí nací y me crié. Luego me enviaron a la capital para estudiar, de modo que me hice *rola**. Y antes de que me lo pregunte, se lo diré: yo estudié la primaria y la secundaria en un colegio de monjas.

—Ya entiendo por qué secunda a mi madre en sus chifladuras sobre el Santísimo Sacramento.

---

*Rola: Bogotana.

—Eso la tranquiliza y la hace sentirse menos sola. Nada me cuesta aparentar que comparto su devoción. Ella sí la siente de verdad, pero a mí me la inculcaron en el Colegio Nuestra Señora del Rosario de Bogotá, Pilar de Generaciones al Servicio de la Verdad. Además, estudié Ciencia de la Información en la Pontificia Universidad Javeriana de Bogotá, que por cierto es más antigua que la de La Habana. La actual javeriana era la Universidad y Academia de San Francisco Javier, lo cual atestigua su origen jesuita. Así que cuídese de mí: no sólo Fidel Castro fue educado jesuíticamente. Yo también, igual que Gracián. ¿Usted ha leído a Gracián?

—No.

—Se nota.

—¿Y está orgullosa de su formación?

—Yo abomino de todo eso, doctor.

—¿También de su carrera?

—De los conocimientos, no. La carrera me gusta. Yo estudié Bibliotecología y algún día la ejerceré. Me encanta organizar y actualizar sistemas de información, archivos y bases de datos, crear un orden estricto en todo lo que pueda imprimirse o almacenarse digitalmente.

—Si su padre es un latifundista, ¿qué hace usted ganándose la vida como samaritana en Miami?

—Yo me crié en un ambiente en el que los criados me decían: «su merced». Yo nací para ser una princesa de lujo pero intelectualmente inválida. Como esas chinas preciosas a las que les empequeñecían los pies, para que no pudieran ir ni a la esquina. Si usted supiera lo que es Colombia... Si usted supiera cómo es mi padre... Dado a la magnificencia, abusador de su posición desahogada. Tiene negocios en la ciudad, y la agricultura en el campo. Cultiva la relación con personajes influyentes de la política. Es partidario de los matrimonios ventajosos, esa especie de endogamia que se practica en las altas esferas desde los tiempos de la colonia. Yo descubrí lo que es el bienestar pervertido. Las desigualdades cochinas. La riqueza arrogante, el oro que brilla encima de la miseria. Y me fui. Quedarme en Colombia era imposible sin estar bajo la vigilancia de mi papá. Entonces vine a Miami a ver cómo funciona este mundo, y me puse a trabajar en condiciones difíciles. A Colombia no volveré. Miami es un síntoma pasajero. El problema es que no me alcanza el corazón para abandonar a su madre y seguir adelante.

Él viró la cara hacia el auto de la muchacha, un Ford rojo que llameaba bajo el sol de South Beach y que, si no era nuevo de paquete, no tendría muchos meses fuera de la fábrica.

—Raro vehículo para alguien que no tiene donde caerse muerto.

—Sí, doctor —concedió ella con tristeza—, ya sé que hay incongruencia en mi actitud. Incluso falsedad. Al principio yo tenía un Toyota enclenque que al arrancar ladraba como un perro hambriento, pero en cuanto supe hasta qué punto aquí lo miran a uno como si hediera por no lucir un buen auto, me compré ese Ford. Y no crea que no pago un precio sentimental enorme por esa debilidad. La conciencia me pincha, ¿sabe? ¿Cómo han logrado inculcarnos esa adoración por los autos? En Bogotá, *uno* de cada diez habitantes es dueño de *nueve* de cada diez automóviles. De cada seis dólares que gasta el ciudadano medio de Estados Unidos, un dólar se consagra al santo automóvil. De cada seis horas de vida, una la dedican a viajar en auto o a doblar el lomo para pagarlo. Pero hay cosas peores, no se lo niego: tengo una tarjeta de crédito inextinguible proporcionada por mi padre. O sea, basada en la penuria de los campesinos a quienes explota. Hasta ahora, sólo la he usado para adquirir ese auto.

Por pura curiosidad, Otto preguntó si su madre tenía una profesión o si era, como siempre lo fue Paulina, «la señora de la casa», pero el camarero los interrumpió con la comida. Cuando ya creía que Milena no iba a contestar, la joven dijo:

—Mi madre murió hace dos años.

—Primero le desfiguro el nombre —dijo él—, luego le ofrezco lo que usted menos necesita, es decir, dinero, y al fin termino haciéndole la pregunta más indiscreta del mundo. Yo con usted no tengo suerte. Créame que siento mucho lo de su mamá.

—No le dé pena. Usted me ha hecho preguntas importantes.

—Pero inoportunas.

—¿Se refiere a lo de Samuelito?

Los ojazos de Milena, ya no tan belicosos, buscaron un contacto más directo. Él aprovechó para meterse lo más hondo que pudo dentro de aquella mirada que no entendía.

—He decidido contárselo todo —dijo ella.

—¿Todo? —murmuró él, escéptico.

—Lo que yo sé. Pero no me presione. Deme tiempo.

El doctor no supo cuál fue el movimiento en falso que produjo la catástrofe. ¿Fue una mano que voló por donde no debía, o acaso golpeó la mesa con la rodilla, desde abajo, al cambiar de posición? Tampoco pudo explicarse por qué se había puesto tan nervioso. Pero cuando se dio cuenta del accidente, ya su botella de cerveza se había caído sobre el plato de Milena y rodaba por la mesa en una espumosa carrera hacia el cuerpo de la muchacha, vaciándose y empapándola sin que ninguno de los dos pudiera evitarlo. El líquido arrastró consigo una buena porción de la sustanciosa salsa de mango y piña, de modo que sus pantalones, de un finísimo lino azul claro, quedaron anegados y pegajosos de la cintura hasta los muslos, haciéndose traslúcidos y dejando entrever el blúmer y unos encantos que el doctor no osó mirar. Balbuceó una disculpa que el rumor de la terraza se tragó, mientras le ofrecía su servilleta.

—¡Perdóneme!

Ella no atinaba a secarse ni moverse, hasta que tomó las dos servilletas, la suya y la del doctor, que eran grandes y de un verde demasiado tropical, y se cubrió con ellas desde el ombligo hasta las rodillas. Otto Leal, dispuesto a no hablar más, le viró la cara y miró al mar por entre los autos aparcados en Ocean Drive. Ella exigió:

—¡Míreme, doctor, que ahora sí me estoy riendo de usted!

Abochornado y terco, siguió con la cara vuelta hacia la calle y la playa, que se asaba en una luz inmóvil. Hasta que ella, dándole unos tironcitos de una mano, lo obligó a mirarla.

—Antes de hablarle de Samuelito —dijo secándose la entrepierna sin que se notara—, tengo que confesarle un error que he cometido y por el que le pido disculpas de antemano.

—No comprendo —dijo Leal, y añadió—: Si quieres puedes tutearme.

—No, no quiero —respondió ella con inesperada dureza, y puso un teléfono móvil sobre la mesa—. Perdóneme por esto.

—No entiendo —repitió él.

—Aquí tiene su móvil. ¿No lo reconoce?

Otto inspeccionó el aparato, sí, efectivamente, ése era su teléfono móvil. Con la vergüenza estampada en el semblante, ella contó lo sucedido: mientras fregaba unas ollas, oyó que un teléfono «sonaba y sonaba»; lo buscó por todas partes, incluso dentro del refrigerador, sin poder localizarlo. Como no era el sonido habitual de su teléfono ni tampoco el de la casa, pensó en la posibilidad de que Jorge hubiese olvidado o perdido el suyo en algún lugar. ¿O quizá fuese el de Berta la enfermera? Al fin lo encontró en la basura, y respondió. Él contempló el pequeño aparato como si estuviera en presencia de un fantasma.

—¿Y qué dijo al responder?, ¿no dijo nada?

—¡Es que me da tanta vergüenza todo esto! —la joven se ruborizó—. Creo que dije: «Éste es el teléfono del doctor Leal. ¿En qué puedo servirle?»

—¡Respondió como si fuera mi secretaria!

—¿Ve por qué le pedí que me perdonara de antemano? Lo peor es que... era su esposa.

Entre su nariz y su boca habían surgido unas finas gotas de sudor. Sus hombros se crisparon como si fueran a recibir un golpe y él se empezó a reír, observándola compasivamente.

—¿Una llamada de *mi esposa*?

—Sí, doctor, no se ría. De Lena.

Leal se recostó en la silla, cruzó las manos en la nuca y miró al cielo radiante del océano, como buscando algún signo mágico que lo ayudara a entender tantos hechos inconexos que, de pronto, se anudaban en una cuerda que se enmarañaba. Un soplo de brisa descendió extraviado desde los cocoteros de la acera de enfrente, serpenteó por entre las mesas y le refrescó la espalda.

—¿Está segura de que era de parte de *mi esposa*?

—Creo que dijo: «Soy Lena, su esposa, ¿puedo hablar con él?», y yo no contesté. Me quedé muda de pura entrometida.

—No exagere.

—Le respondí: «Él no está, ¿quiere dejarle algún recado?» O algo parecido. ¡Eso me pasa por indiscreta y tonta!

—Es que ella rompió conmigo, se fue a vivir con otro hombre y nos estamos divorciando.

—No debe contarle eso a Paulina... Mire, doctor, lo de su móvil no termina con la llamada de su esposa. En cuanto colgué, devolví el teléfono a la basura pero volvió a sonar. ¡Y cometí el disparate de responder de nuevo! Le juro que lo hice porque me sentí culpable de haber colgado sin despedirme, ¿entiende? Entonces me dije que seguramente Lena repetía la llamada, para dejar algún recado importante.

Leal miraba a la muchacha sin escuchar lo que decía. Había algo noble y virginal en ella, algo que no era sólo atribuible a su hermosura: un pesar reprimido que oscurecía sus gestos y sus facciones.

—Entonces Lena volvió a llamar, usted sacó el móvil de la basura y habló con ella.

—No, doctor, usted no me está escuchando, usted está pensando en otra cosa —y de nuevo su sonrisa tristona—. El que llamó la segunda vez fue Pipo.

Al oír esto, el doctor se levantó y todas las arrugas de cincuentón se le paralizaron en la cara, con los 17 músculos correspondientes que a su vez movilizaron a los 48 necesarios para producir una mueca de encabronamiento.

—¿Quién? —vociferó.

La muchacha, aturdida, le pidió que no se ofendiera.

—¿Quién hizo la segunda llamada? —insistió él.

—Un tal Pipo. Siéntese, por favor. La gente nos está mirando.

En eso sonó el teléfono, que se puso a patalear con frenesí sobre la mesa, como si supiera que estaban hablando de él. Atónitos, los dos lo miraron como si fuera un bicho epiléptico. Él respondió, siempre de pie.

—Leal.

Dentro del aparato resonó una voz cubana y soez.

—¡Doctor, lo van a agarrar asando maíz!

Milena no le quitaba los ojos de encima. Leal se sentó, aparentando calma.

—Con quién tengo el gusto de hablar.

—¡Sorullo, suelta lo que no es tuyo! —chotearon dentro del móvil, y cortaron.

Él intentó rastrear la procedencia de la llamada, pero fue en vano. Le habían hablado desde una cabina pública. Milena no daba crédito a sus ojos: el doctor puso el aparato en el suelo, cogió su botella de cerveza y lo aplastó a botellazos debajo de la mesa, hasta que la botella se le reventó en la mano. Los que habían hablado eran dos hombres distintos, y ninguna de sus voces se correspondía con la del tal Pipo.

—Era un amigo —dijo.

—Un amigo. ¿Usted me ha visto cara de boba?

—Disculpe.

Ella se levantó, un tanto asustada.

—Qué manera de pedirnos disculpas, doctor.

—Yo nunca había empezado tan mal una amistad.

—No se equivoque. Yo no soy su amiga. Nos vemos en La Cuba de Ayer.

Seis

Leal no tenía la más mínima idea de cómo iba a resucitar a don Hermenegildo Sánchez. Si su madre insistía en verlo, tendría que decirle la verdad, mamá, disculpa, Rufy murió hace tanto tiempo... Y si se negaba a ir a La Cuba de ayer, pensó, pues que se quedara en el Miami de hoy que es casi lo mismo. Pero en cuanto salió del hotel para coger un taxi, divisó en el gentío de Ocean Drive al chofer cubano de su primer día en Miami. Lo vio de espaldas, atravesando la calle hacia su taxi mientras se tomaba una coca cola. El hombre se metió en su auto para seguir con su faena, y Leal se le aproximó trotando, tocó en la ventanilla y preguntó si estaba libre.

—¡Cómo no, Maestro! —gritó el buen hombre al reconocerlo. ¿Adónde lo llevo?

—A la Cuba de Ayer —dijo.

—¡Los fósforos! —respondió volviéndose—; allá que lo lleve otro.

Después de explicarle lo que era La Cuba de Ayer, Leal habló de la demencia de su mamá y su deseo de ver a un amigo llamado Hermenegildo, más conocido por Rufy y muerto hacía diez años. Como si estuviera hablando con un íntimo amigo, le preguntó sin rodeos si quería hacerse pasar por Rufy y guiar a Paulina en su silla de ruedas. El taxista lo escuchó como si le hubieran planteado unos razonamientos llenos de cordura.

—Yo pago lo que cueste —se apresuró a decir Leal—, pero debe ponerse elegante, con una corbata que tiene que ser azul.

Acordaron un precio y el hombre se dirigió a una dirección de South West, entró en un inmueble un tanto cochambroso y salió como nuevo, vestido de cuello y corbata. Se había puesto un traje color café de pantalones muy anchos, que recordaba el aire arrogante de Benny Moré. La corbata era horrorosa, de destellos tornasolados e imágenes de una sirena en miniatura. Pero era azul.

—¿Cómo dijo que me llamo? —preguntó al arrancar de nuevo.

—Hermenegildo Sánchez, alias Rufy. Oriundo de Aguada de Pasajeros. Mi mamá se llama Paulina.

El festival-exposición La Cuba de Ayer tenía lugar en el Expo Center de Coral Way, que es el nombre de la calle 24 de la Sagüesera. Situado en el Tamiami Park, justo al lado de la Universidad Internacional de la Florida, el Expo Center brindaba un colorido despliegue de nostalgia cubana. Puestos de baratijas patrióticas y de mercería kitsch, todas relacionadas con la Cuba prerrevolucionaria, se mezclaban con DVD de *Trespatines*, postalitas de *Los Tres Villalobos, Taquari (El Rey Blanco del Amazonas)* y *El Llanero Solitario*, al lado de kioscos de bocaditos y fritangas. De la abigarrada quincallería de los stands emanaba la imagen de una cubanía rancia y desfallecida. Lo primero que el doctor observó al entrar fue una bandera cubana de dimensiones heroicas, que cubría casi todo el cielo raso. La bandera era tan despampanante que ni se veía. Pese a la música que dominaba el ambiente, Otto no percibió una sensación general de alegría sino de difusa incomodidad. Era como si los objetos expuestos fuesen pequeños cadáveres, que en realidad evocaban un desastre y la gente los miraba con una emoción opresiva.

—¡Paulina, mi amor —gritó el taxista abrazándola y besándola, ante la estupefacción de Conchi y Milena—, si cada día estás más linda!

—¡Rufy, qué alegríaaa! —respondió la anciana cubriéndolo de besos—; yo sabía que no me fallarías.

Sentada en una silla de ruedas e impulsada por el resucitado Hermenegildo, Paulina no soltaba la mano de su hijo. Milena estaba deslumbrante en su juego de blusa y pantalón de lino blanco, y no se atrevía ni a hablar ante el descaro del doctor. Era evidente que no aprobaba su temeridad. Pero Paulina estaba alerta y gozosa, y saludaba a todo el mundo como si nunca hubiera padecido de senilidad.

Cada vez que pasaban junto a algún conocido, les presentaba a su hijo repitiendo una y otra vez aquello de «cirujano de la Neurodivisión Pediátrica del Hospital Académico de Uppsala, *Sweden*», y agregaba llena de júbilo:

—Éste es mi amigo Rufy.

Endomingados hasta las uñas, familias enteras contemplaban las estampillas del pasado y las guayaberas de los famosos, junto a las gorras que atestiguaban la grandeza del béisbol cubano de los años cincuenta. Los llaveros y las calcomanías con estampas de las iglesias cubanas suscitaban largos suspiros. Las fotos del Country Club, de los casinos de La Habana y hasta los tétricos ángeles y mausoleos del Cementerio Colón daban pie a nostálgicas reflexiones agriadas por el vinagre de lo perdido. Concha la peluquera iba muy oronda junto al falso Hermenegildo. En su empinado cuerpo ya no cabía un hálito más de orgullo. Su alto peinado le daba un vaporoso aspecto de planta exótica, sacada del sopor del aledaño Tamiami Park. Sus canas, teñidas de un negro azabache, ascendían en un géiser petrificado para enseguida caer en cascadas sucesivas de pétalos deshilachados que le cubrían la frente con un cerquillo. En virtud de un artificio de su profesión, en el cerquillo reaparecía el verdadero color de su pelo en forma de flecos empegostados. Al doctor le pareció que el peinado de Concha simbolizaba, a las mil maravillas, el espíritu de aquella Cuba de pacotilla. Cada vez que su madre profería las palabras «Neurodivisión Pediátrica del Hospital Académico de Uppsala, *Sweden*», a Concha se le estremecía el cerquillo bicolor, mirando de reojo a Rufy. En un escenario cercano, adornado con cincuenta y dos banderas cubanas de un tamaño un poco más normal que la de la entrada, una cantante contemporánea de Concha y Paulina imitaba a Celia Cruz con una guaracha llamada *Burundanga*.

—¡Mira, Paulina! —exclamó Concha—, la perfumería *Parisién* del Habana Hilton y la tienda de señoras *Sánchez Mola*, de San Rafael y Amistad, ¡Dios mío!, ¿ésa no es la *Roseland*? ¿te acuerdas de la *Roseland*, Paulina?, la de Neptuno y Águila. ¿Qué dice allí, Rufy? —preguntó la anciana señalando una de las vitrinas—. ¡Ay!, es que no veo.

—Especialidad en ropa deportiva McGregor para caballeros y niños —leyó el taxista, y añadió sin que nadie se lo pidiera:

—Allí compraba yo mis corbatas.

La peluquera, hipnotizada por la frescura de aquel apuesto señor salido de la nada, sacó unos espejuelos y se puso a leer delante de otra vitrina llena de anuncios del ayer:

—¿Qué me dices de *Flogar*, Paulina, la de Galiano y San Rafael? Escucha. Sótano: Ajuares de casa y sedería, tapicería y tejidos... Planta baja: joyería, carteras y cinturones, medias de señoras, y, en el departamento de caballeros... —miradita a Rufy y congestión en los flequitos—, trajes a la medida, calcetines de hilo de Egipto y todos los accesorios para el hombre elegante...

—A mí me encantan los calcetines de hilo de Egipto —dijo Hermenegildo.

—¡Mira, mira: *Fin de Siglo*! —exclamó Conchi, que rompió la barrera que desune los cuerpos dándole un empujoncito a Rufy—, en San Rafael y Águila, cinco pisos, aire acondicionado, música indirecta, hospitalidad única, eficacia americana y cordialidad cubana... ¡La tienda que marcaba los rumbos en la moda! ¿Te acuerdas, Paulina?

Otto esperaba con emoción la respuesta de su madre. ¿Se acordaría de unas tiendas que no vio nunca en su vida? Porque ellos se mudaron para Miami directamente desde Aguada de Pasajeros, un pueblo cenagoso del olvido cubano donde lo único recordable eran las corúas y el aroma de las clavellinas, los cangrejos de la tierra y los atejes. Enclavado cerca de la costa sur, Aguada ni siquiera tiene acceso al Golfo de Batabanó y las aguas del Caribe.

—¡Dame mis gafas, Milena! —suplicó Paulina.

Leal seguía creyendo que lo observaban. No podía apartar de sí la desconfianza y la sospecha. Si el que llamó no fue Pipo el mercenario, ¿quién podría meterse en su vida de esa manera? Nunca se había sentido tan inseguro en Miami. Era como si unos ojos invisibles, pero ubicuos, lo vigilaran sin cesar. Pero Miami era *su ciudad* y nadie iba a arrebatársela. Miami era la única ciudad que *de verdad* le pertenecía. Miami era su ciudad-país. La Habana era de otros. De los que se quedaron defendiéndola, sufriendo, disfrutándola y resistiendo. Washington era un topónimo abstracto, y Uppsala la patria de sus hijos. ¿Quién coño le había gritado «¡Sorullo, suelta lo que no es tuyo!»?

—¡Claro que me acuerdo de los vestidos que compré en todas esas tiendas! —contestó Paulina de Leal.

Bueno, pensó el doctor al oír la inaudita respuesta: mi madre se ha construido un pasado a la medida de su presente. Situado entre unos municipios con nombres tan poco mundanos como Rodas, Abreus y Cienfuegos, y con barrios de toponimia tan cosmopolita como Yaguaramas, Jagüey Chico, Guayabales, Cayamas, Matún, Real Campiña y Venero, su humilde pueblo natal no encajaba en la historia que necesitaba la madre de un personaje tan insigne como Jorge Leal. Ahora resulta que mi madre es habanera, pensó el doctor. ¡Milagros de la Revolución! Y no quiso reprimir una malévola sonrisa, que Milena captó al vuelo. Él se le acercó como si ella fuera un imán. Su cabellera exhalaba un aroma de hierbas que florecieron bajo un sol tremendo.

—¡Oh! —gimió Paulina, como si fuera a echarse a llorar—. ¡Una foto del brillante del Capitolio Nacional! ¿Te acuerdas, Rufy, de la Joya del Salón de los Pasos Perdidos? ¡Lo triste que yo me puse cuando se la robaron!

—¿Quieren que les cuente la historia de esa famosa joya? —dijo Rufy señalando un puesto con un cartelito rojo, blanco y azul que decía: *Cuban Coffe, el más espeso*.

—Vayan ustedes —dijo Concha—; Paulina y yo queremos ver más maravillas. Otto estampó un beso en la frente de su madre, y cuando Milena se tomó el primer buchito dijo:

—¿Ustedes sabían que en Colombia el pueblo no toma buen café? Los colombianos pobres toman un café aguachento que no tiene nada que ver con el café colombiano que se toma aquí o en Europa. En Colombia los pobres hierven el ripio del café y se conforman con esa juagadura. Seguro que en Suecia la gente toma mejor café que en mi país, que es el que lo produce.

—¿Qué piensa su padre de esas ideas? —dijo el doctor Leal.

—Él me dice la marxista de lujo.

—¿Acaso no tiene razón?

—No todo el mundo piensa como vive. Yo lo que no quiero es ser una imbécil.

El taxista, incómodo, intentaba decir algo.

—Las ganancias cafetaleras nunca revierten en bienestar para el pueblo. Siendo un producto legal, el café colombiano está sometido a un tratamiento mafioso —dijo Milena.

—Ustedes disculpen —dijo al fin el taxista—, pero los aparté de las señoras para decirles que me gustaría marcharme.

—Ah —dijo Milena—, ¿y la joya del Capitolio?

—¡Era un pretexto! Es que me ha entrado miedo. ¿Y si algún pariente de don Rufy se aparece por aquí?

—A mí no me gustan los hombres que se acobardan —dijo la colombiana.

—Milena —explicó el doctor— es como las matas de dormidera, más conocidas como *sensitivas.* Si uno toca levemente cualquier parte de la planta, toda ella cierra sus hojas inmediatamente.

La muchacha miró con dulzura al taxista y dijo:

—¿Entonces no nos va a contar lo del diamante del Capitolio de La Habana?

—Lo siento... Quisiera que me pagaran para poder marcharme.

Otto le dio la cantidad acordada y una generosa propina. De pronto se percató de que no conocía el nombre del taxista, y se lo preguntó.

—A mí me dicen Salfumán.

—Señor Salfumán —suplicó Leal—quédese un rato más. Yo pago lo que cueste. Es que no sé cómo explicárselo a mi mamá.

—Bueno —concedió Salfumán—, un rato más, y ahora escuchen: érase una vez un diamante que señalaría el lugar que sirve como punto de partida para medir todas las distancias de Cuba. Los franceses lo tienen delante de Nôtre-Dame. ¿No? Y los norteamericanos el llamado «sistema vial del Este», que arranca de la aguja del Capitolio de Washington. Cuando el dictador Machado inauguró el Capitolio Nacional en 1929, los cubanos tuvimos, al fin, el kilómetro cero de nuestra

Carretera Central en un brillante de 25 quilates situado en el centro del Salón de los Pasos Perdidos, justo en el centro de la cúpula del Capitolio habanero. Pero un lunes de marzo de 1946 la gema desapareció sin dejar huellas. El escándalo fue apoteósico. ¡Los cubanos nos habíamos quedado sin rumbo! Sin embargo, catorce meses más tarde la joya reapareció. El doctor don Grau San Martín, presidente de Cuba, la encontró de chiripa *en una gaveta de su despacho presidencial* envuelta en papel de cartucho. El señor presidente anunció que, al parecer, *alguien* la había devuelto. Cuando la prensa le preguntó cómo ese alguien había realizado el milagro de tan fabulosa devolución, depositándola nada menos que en una gaveta presidencial, Grau respondió: «De forma anónima».

Cuando se reunieron con las señoras, Rufy se hizo cargo de la silla de ruedas mientras Concha, embullada, se extasiaba ante una exposición de «los lugares para trasnochar en La Habana»:

—Ah... aquellos antros de perdición... ¡cuántos besos no le robaron a una en ellos!

—Sí, Conchi —respondió Paulina López de Leal, que jamás había puesto un pie en El Vedado—, ¡besos que ya no volverán!

—*El Rocco*, —dijo Conchi— de 17 y O, con su ambiente bohemio y romántico... y *La Red...* de L y 19 «donde el amor queda aprisionado»; el *Johnny's 88 Club*, en 15 entre O y N, «ideal para el romance y el ensueño», y el *Turf Club*, en Calzada 452, «el de la música evocadora y los divinos tragos».

—¿Verdad que es como para morirse de añoranza, Hermenegildo? ¡Lo que nos ha hecho sufrir ese bandido de Castro!

—Es horroroso —dijo Rufy—. ¡Lo mucho que hemos llorado!

Una comitiva de «abuelos, abuelas y nietos», vestidos al gusto de los años cincuenta, pasaron repartiendo unos pasquines que remedaban los de la gran época de la politiquería isleña. Pero en vez de nombres como Carlos Prío o Fulgencio Batista, los pasquines decían: APOYAMOS A LA PATRIÓTICA FUNDACIÓN NACIONAL CUBANO AMERICANA. En el reverso de los pasquines se anunciaba un gran sorteo, con premios que iban desde un crucero de siete días en las líneas Costa

Cruise, «italian style», hasta unos paquetes de Café Pilón, «sabroso hasta el último buchito». El anuncio de la lotería terminaba con una exhortación incomprensible para el que no estuviese al tanto de los desgarros cubanos: EXIGIMOS LIBERTAD PARA EL PATRIOTA LUIS POSADA CARRILES.

—¿Posada Carriles no fue el que hizo poner una bomba en un avión cubano en 1976, y asesinó a 73 personas? —preguntó Milena, asombrada.

—El mismo, señorita —respondió Rufy—. Entró ilegalmente al país y está detenido, pero pronto estará en la calle.

—Porque es un héroe —aseguró Conchi.

—Sin duda —dijo Rufy.

Paulina quería verlo todo: los discos del recuerdo, las postales de La Habana batistiana, los cuadernos escolares (de los niños que en aquel tiempo tenían el privilegio de poder ir a la escuela), sin olvidar las muestras de la flora y la fauna de Cuba. En una foto enorme se veía una jutía, y en otra la ceiba de la Plaza de Armas. La peluquera casi se desmaya de morriña cuando vio una foto, de siete metros por cuatro, de la lujosa finca Kuquine, perteneciente al dictador Batista, en la que (según rezaba el pie de foto) el propietario tenía un teléfono de oro macizo que le regaló el representante de la compañía norteamericana Cuban Telephone Company, como agradecimiento por el monopolio que el sátrapa les concedió en condiciones humillantes para Cuba. Otro de los tesoros que Batista guardaba en Kuquine, según los datos brindados en la exposición, era el catalejo que Napoleón usó en Santa Helena, así como dos pistolas que el Emperador llevó en la batalla de Austerlitz. La palabra Cuba se repetía en todas partes de una forma tan obsesiva, que Otto estaba mareado. Ahora la anciana imitadora de Celia Cruz cantaba algo de que *la guarapachanga se puede gozar*, seguido de una especie de estribillo en el que martillaba: ¡*Cuba Cuba Cuba Cuba Cuba Cuba Cuba Cuba Cuba Cuba Cuba*!, y luego: ¡azu*ca zuca zuca zuca zuca zuca zuca zuca zuca zuca zuca*! Otto se quedó un rato mirando las medallas y las insignias militares que estaban a la venta. Según la propaganda del expositor, eran verdaderas joyas de inestimable valor histórico por haber pertenecido a hombres célebres de la época como Francisco Tabernilla, Pilar García, Rolando Masferrer y Esteban Ventura Novo.

Rufy-Salfumán se apartó del grupo, visiblemente indispuesto, y Milena se le acercó.

—Tabernilla —dijo el taxista— era un general de opereta a quien le decían «el viejo Pancho». Fue jefe del Estado Mayor de Batista y llevó a extremos de una crueldad increíble la represión de los opositores al régimen. Su lema de torturador era: «darle candela al jarro hasta que suelte el fondo».

—No entiendo.

—Reventar a los sospechosos. Huyó el 31 de diciembre de 1958 junto con Batista, y fue acogido aquí con gran benevolencia. Pilar García, de quien se decía que tenía nombre de mujer y alma de hiena y cuyas medallas están allí mismo a la venta, fue colocado por Batista en la jefatura de la Policía Nacional donde introdujo lo que él mismo llamó «el método García»: asesinaba a los prisioneros disparándoles por la espalda. Y Rolando Masferrer asesinó a más de dos mil cubanos: era jefe de una banda de batistianos a la que llamaban «Los Tigres de Masferrer», y que sembraron el luto en la provincia de Oriente. Cuando Batista se escapó, Masferrer agarró un yate (en el que llevaba diez millones de dólares robados al erario público) y no paró hasta llegar a Miami. De Esteban Ventura Novo, jefe de la Quinta Estación de Policía de La Habana durante el régimen batistiano, se decía que sus estrellas «chorreaban sangre». Ventura era un torturador eficaz. Lo suyo era la guapería elegante, ¿sabe? Era un matón lindo, con bigotico recortado y parejo. Figúrese que le decían «La Fiera del Traje Blanco». En aquella época, pronunciar su nombre aterrorizaba a los más duros. Ventura huyó a tiempo con Batista y se instaló él también aquí en Miami, donde fundó su propia agencia de seguridad. Aquí vivió sabrosamente como el más respetado de los ciudadanos, hasta que falleció a los 87 años sin que nadie lo llevara al Tribunal de La Haya. ¡Que en paz descanse!

—¿Cómo sabe usted todo eso?

—Porque a mi padre lo asesinó Ventura en 1957.

—Oh... ¿Y por qué vive en Miami y no en Cuba?

—Porque yo, a diferencia de usted, no soy marxista de lujo. Por favor, señorita, dígale al Maestro que quiero irme. Yo no sabía que esta parranda era así.

—Márchese cuando quiera, señor —dijo ella, conmovida—. Dígame cuánto se le debe, yo puedo pagarle ahora mismo.

—No es fácil —dijo Salfumán, cogió el dinero y se esfumó.

Comieron en un restaurante que era la imitación de un bajareque con techo de guano y paredes de yagua. Detrás de la barra había un histórico cartel publicitario de La Cuba de Ayer que decía:

¡GANE PESO RÁPIDAMENTE!
No se desanime si está flaco y débil,
o si coma lo que coma no puede engordar ni una onza.
Un médico de California, en el proceso de tratar a las
ESTRELLAS DE CINE
descubrió un
MÉTODO CIENTÍFICO
para combinar 5 extractos concentrados que dan
SANGRE ENRIQUECIDA Y CARNES SÓLIDAS
que le harán lucir
UNA FIGURA GORDA Y ATRACTIVA.

El potaje de frijoles negros estaba riquísimo. En las paredes de yagua había vistas del Valle de Viñales y el hotel Internacional de Varadero. Otto se preguntaba quién lo estaría espiando en ese instante. ¿Serían los tres gordos que como tres comadres culonas sorbían sus mojitos en el bar de palmas y cañas? ¿O sería la señora solitaria que, con vestido escotado y una llamativa pamela blanca devoraba un bocadillo cubano tan relleno de jamón, carne de cerdo y pepino, que entre mordida y mordida no lograba mantener una dignidad acorde con el empaque de su sombrero? Cómo Otto le lanzaba miradas impertinentes, la señora se limpiaba una y otra vez la mezcla de queso derretido y mostaza que le chorreaba por el mentón. ¿O sería la camarerita de facciones finas y culo empinado que dijo conocer a Milena, pero que enseguida se retractó, no, disculpe, dijo, la he confundido con una amiga? Paulina, que desde la desaparición de Rufy se había puesto inabordable, comió con un ímpetu que asombró a todos. A la hora del café pareció volver en sí e intentó levantarse, mirando con inquietud a todas partes como en busca de alguien. Otto temió una evacuación involuntaria de vientre allí mismo, en el seno de La Cuba de Ayer, y le apretó una mano a Milena por debajo de la mesa. La asistenta aplacó a la anciana con unas palabras acariciantes. En cuanto se tomó el café, Paulina dijo con voz ansiosa:

—¡Rufy! ¿Dónde está Rufy?

Nadie se atrevía a responder.

—Hermenegildo, amor mío, ¿dónde estás?

Nadie decía nada. El doctor intentó abrazarla, pero ella empezó a vociferar, con una potencia que nadie se hubiera esperado de un ser tan frágil:

—¡Rufy, dónde estás!

—Rufy tuvo que marcharse —musitó Conchi, trémula.

—¡Rufy está muerto! —chilló Paulina.

—Qué va, qué va —refutó la peluquera con aplomo—. Tenía una cita con el dentista.

Entonces Paulina profirió estas reveladoras palabras:

—Samuelito, mi niño bueno, fue concebido con adulterio.

—¡Pauli, ya no hables más! —rugió Concha con rabia.

—Rufy pregona mi hermosura en el Reino de los Cielos —prosiguió orgullosa la madre del doctor, con la mirada perdida en sus adentros—. ¿Por qué el placer es tan lindo cuando es deshonesto?

—¡Paulina!

—¡Fue un arrebato de pasión! ¿Verdad, Rufy, amado mío?

La fiel amiga tapó la boca de Paulina, pero el doctor se la retiró con suavidad.

—Rufy era atrevido, sensual, espontáneo y altivo —rememoró la anciana—. Era feúcho, yo lo sé. Pero me cautivó con su modo de ser, porque Rufy era una fiesta. Él nació para mi felicidad, y murió para mi desgracia.

Y diciendo esto, se durmió. Entonces Conchita anunció con voz autoritaria, para que nadie se equivocara:

—Aquí no ha pasado nada, ¿okey? Todo el mundo sabe que Pauli dice muchísimos disparates. ¡Doña Paulina de Leal es una mujer de moral acrisolada y Samuelito era hijo del señor Leal, que en paz descanse!

Nadie le quitó la razón a Conchi, pero de pronto al doctor se le aclararon muchas cosas. Y sintió un cariño renovado por Samuelito y por su madre. Probablemente aquel «arrebato de pasión» fuese el único en toda la vida de doña Paulina. ¿Sabría Jorge algo de aquel secreto? ¿Sabría Samuelito quién era su verdadero padre?

En el camino de regreso, nadie se atrevió a decir nada. Tras un ceremonioso período de preparación, en el que Milena la llevó al baño, le puso la bata de dormir, le administró las pastillas nocturnas, le lavó los pocos dientes que le quedaban y metió en un vaso de agua los postizos, Paulina se acostó a dormir. La asistenta le leyó un pasaje de la Biblia y encendió el televisor que la viejita tenía en su alcoba, pues sin la TV no podía conciliar el sueño. Mientras tanto, Otto llamó a su amigo Galán, que se puso loco de contento con la llamada. Esa noche estaba ocupado y no podía verlo, pero quedaron en verse al día siguiente en el apartamento del abogado. Después Otto llamó a Suecia y habló con Lena y con sus hijos. La conversación con Alma lo golpeó especialmente. La niña lloró al otro lado del mundo, y le suplicó que volviera. El más pequeño, paladín de la gimnasia artística y pescador de diminutas carpas devoradoras de lombrices, fue también explícito, a su manera:

—¡Papi, hace sol! Pasa a buscarme mañana para ir a pescar en el barco.

De pronto el doctor empezó a derramar lágrimas. Fue un ataque imprevisto y se rindió sin ofrecer resistencia. Tuvo que meterse en el baño para ocultarlo, y allí estuvo un largo rato. Luego le dio las buenas noches a su madre, que ya estaba dormida. Mientras tanto, meditó si no debería largarse para estar cerca de sus niños. En el fondo, ellos eran la esencia de su vida. Pero no. Esos días con su madre podrían ser los últimos. Como Milena se marchaba, él le pidió que le hablara de Samuelito.

—Tengo que irme a trabajar —dijo observándolo.

—¿A esta hora? —inquirió él con una autoridad que no le correspondía, y sin notar que ella sabía que había llorado.

La chica se sentó en una butaca, mirándolo de frente, y fue al grano de una forma dura que él no se esperaba:

—Su hermano se suicidó allí —y señaló la puerta del cuarto de Samuelito—. Paulina y yo estábamos fuera, cenando con su hermano Jorge en La Carreta. De allí Jorge se fue a casa, yo volví con su mamá e hice todo lo que usted ha visto que hice hoy: la eterna rutina de acostarla a dormir. Cuando su madre y yo llegamos, no vimos nada raro. Sólo antes de irme noté que la puerta del cuarto de Samuelito estaba entreabierta, y lo llamé para despedirme. Él no respondió y me pareció extraño. No era normal que no hubiese salido a recibirnos. A veces nos sentábamos en la cocina a beber vino y platicar. Samuelito me contaba mil cosas que no le contaba a nadie. No quise ser imprudente y no insistí, pues deduje que se había quedado dormido con la puerta abierta. Pero no sé qué me dio... no podría asegurar si fue una sospecha o una corazonada, no sé, pero no me gustó aquel silencio. Además, yo conocía el problema de su adicción.

—Su adicción —masculló Otto Leal.

—¡Yo le estoy contando lo que sé, pero no me interrogue porque no lo voy a soportar! ¿Usted sabe cuántas veces tuve que contarle esto a la policía?

—Jorge me mintió —explicó Leal—. Según él, Samuelito murió en un accidente.

—A Samuelito no lo mató nadie, ni sufrió accidente alguno. Yo no quería decirle nada. Usted es un hombre enigmático y lleno de secretos, pero le confieso que me inspira cierta confianza.

—Gracias —dijo él.

—¿Qué me agradece?, que le diga en su propia cara que es un tipo indescifrable, lo cual podría significar que es un hipócrita? ¡Uf! ¡Qué par de hermanos!

Leal comprendió que hablar de Samuelito era una tortura para la chica, pero no le quedaba más remedio que hacer preguntas.

—¿Qué drogas consumía mi hermano?

— No lo sé; él no quería vivir... no trabajaba, vivía aquí porque de otra forma hubiera tenido que vivir en la calle. Me consta que Jorge le ofrecía trabajos buenos. No crea que su hermano le ha mentido por maldad. El tema de la droga en esta familia es aún más sensible de lo que siempre es. Jorge le exigía que se apartara de las malas compañías. La historia del accidente la inventó Jorge. El suicidio de Samuelito hubiera afectado su reputación. Además, Paulina no hubiera soportado vivir en la misma casa del suicidio del hijo que era la niña de sus ojos. Y mudar a Paulina de aquí hubiera sido matarla. Entonces Jorge empezó a buscar otra versión de la muerte de Samuel. Se enteró de que ese mismo día hubo un accidente, bueno, en realidad hubo varios, en el Downtown, en Kendall, en la US 1, qué sé yo, incluso hubo un asesinato, o la policía mató a alguien... Jorge engañó a todo el mundo para borrar las huellas del suicidio. Aquella noche empujé un poco la puerta y volví a llamar a Samuelito; nosotros solíamos sentarnos aquí mismo, él allí donde está usted y yo aquí, y conversábamos. A mí me encantaba hablar con él. Era ocurrente, humilde, dicharachero, afable, no tenía pelos en la lengua y se reía de todos y de todo.

—Igual que Rufy.

—¡Yo de *eso* me enteré hoy, doctor! —y se tapó la cara, como si se avergonzara.

—Entonces vi el reguero de sangre en la pared.

Él alargó el brazo para acariciarle el pelo, pero se contuvo.

—¿Está satisfecho, señor Leal? ¿Puedo irme ya?

A Otto le dieron ganas de abrazarla. Pero se limitó a darle las gracias y le preguntó si podía dejarlo en el hotel.

—Yo ni siquiera sé dónde se hospeda.

Otto pensó decir el nombre del hotel, pero un recelo indefinible se lo impidió.

—¿De verdad le parezco un hombre «indescifrable»?

—Un hombre que no puede hablar con su hermano; que bota misteriosamente su celular y luego lo rompe a botellazos en público; un visitante que no alquila un auto como todo el mundo y que no le revela, ni a su propia madre, el sitio donde se aloja.

—¡Pero si el que no sabe nada de usted soy yo! Usted sabe incluso que me estoy divorciando, mientras que yo ignoro cómo llegó a hacerse imprescindible para mi madre y amiga íntima de Samuel.

—¡Un momento! —dijo ella transformada en una fiera—, ¿qué insinúa con eso de *amiga íntima*?

—¡Es *usted* la que se arroga el derecho de sospechar de mí! ¡Yo ni sé en qué trabaja ni dónde vive ni con quién! ¿Quiere saber lo que se siente cuando sospechan de uno sin razón? Pues escuche: ¿y si usted hubiese tenido una doble intención cuando respondió la llamada de mi teléfono? ¿Y si usted, que es colombiana y posee una tarjeta de crédito «inextinguible», tuviera algo que ver con la adicción de Samuelito?

Con una rapidez increíble, Milena le sonó una bofetada.

—No puedo llevarlo al hotel —dijo golpeándose la ropa con ambas manos, como si él las hubiera ensuciado con sus palabras—. Llame un taxi.

—No —replicó él—. Usted me va a llevar. Porque sabe bien que me he formado una idea muy alta de usted, y que estoy pasando por dificultades de las que un hombre no puede hablar.

—A mí eso no me interesa.

—Miente. Yo sé cuándo mis pacientes mienten.

—¡Ah! Sus pacientes... Yo no estoy enferma, doctor —y se dirigió hacia la puerta, pero él cometió el error de retenerla tomándola por un brazo.

—¿Cómo se atreve a tocarme? ¡Suélteme!

—Milena, perdóneme. Para esta familia, usted es más importante que yo.

Ella miró la mano que todavía le apretaba el brazo. Él la retiró.

—¿No podría darme su número de teléfono, en caso de que la necesite?

—Yo vengo aquí todos los días.

—Una última pregunta.

—Dígame.

—¿En esta casa hay armas?

—¿Armas? No, doctor, en esta casa hay *almas.* Y todas están heridas.

Cuando se quedó solo, sintió unas ganas indignas de llamar a Jorge. Pero sólo le dio tiempo de sacar una cerveza de la nevera. Porque al cabo de unos minutos la puerta se abrió y la muchacha entró de nuevo en la casa, con los ojos echando candela. Cerró la puerta de un portazo y dijo, con un gesto soberbio:

—¿Qué le hace pensar que yo tengo dobles intenciones?

—Su renuencia a tutearme, que me hiere. Usted comete enormes imprudencias. ¿Es normal que alguien saque un móvil ajeno de la basura, y además responda?

—¿Ya llamó a su ex mujer?

—Si volvió para torturarme, váyase.

—Si quiere saber cosas de mí, pregúntele a Paulina.

—No tiene sentido —replicó él alejándose unos pasos—; ella me dirá que usted pertenece al Reino de los Cielos.

Milena bajó la cabeza, reprimiendo una sonrisa.

—Volví porque se me olvidó prender la vela —dijo, y se dirigió a una vitrina, donde había un pequeño objeto en el que el doctor no había reparado: una estatuilla de la Virgen de la Caridad del Cobre. Milena abrió la puerta de cristal y encendió una velita eléctrica.

—Prender una de verdad sería peligroso. Lo primero que su mamá hace al despertarse es rezar ante esa virgen. En el fondo, eso es en lo único que cree —y se marchó silenciosamente.

El taxi no lo llevó al Cavalier sino al Cardoso, porque así lo ordenó él, empecinado en confundir a sus perseguidores imaginarios. Bajó a la playa y de nuevo vio a un grupo de nadadores nocturnos. Esta vez no lo pensó dos veces. Volvió sobre sus pasos, subió a la habitación, se quitó la ropa y la tiró estrujada en la cama. Dejó el reloj de pulsera sobre la almohada y se puso un short, unas chancletas de baño y una camiseta. Toalla al hombro, bajó para darse un baño de mar. Dejó la camiseta y la toalla en la arena, sin miedo a que se las robaran, pues no valían nada, y se zambulló de un tirón. Zarandeado por las olas de la noche, como solía hacer cuando era un chiquillo, se dijo ¡ah!, el agua de mi playa, de mi Miami Beach. Y saboreó el calorcito envolvente sin pensar en la polución ni en la posibilidad de que *alguien* entrase en su habitación con malas intenciones. La visión de la línea de la costa, con sus neones de fantasía, le produjo una nostalgia que no fue triste sino que lo llenó de energía. Nadó por entre los bulliciosos bañistas nocturnos y observó, casi con cariño, la fosforescencia verdosa de las noctilucas cada vez que daba una brazada, ese burbujeo con un misterioso resplandor dentro.

De súbito surgió ante él un hombre con una careta de bucear y un tubo de respiración como los que venden en cualquier tienda. No hubiera podido asegurar que se trataba de un hombre; también podría haber sido un chiquillo o incluso una mujer, a juzgar por su melena clara, rizada y larga. Pero su voz era conminante, un tanto nasal por la presión de la careta contra la nariz, pero bien modulada. El nadador se sacó el snorkel de la boca y dijo en un elegante inglés de Boston, sin el más remoto acento cubano, que un amigo suyo necesitaba verlo *en secreto*, eso lo repitió, un amigo suyo *necesita verlo en secreto,* y para saber de quién se trataba debía ir tres días seguidos, a la misma hora, a tres restaurantes situados en tres esquinas de la Calle 8. Mencionó las tres bocacalles, eran fáciles de recordar, y en cada lugar, en la barra, debía pedir siempre lo mismo, un batido de papaya sin azúcar. Entonces el hombre o el fantasma se le acercó aún más y enfatizó:

—Tiene que ser a la misma hora en cada uno, y tres días seguidos. El tercer día vaya dispuesto a hacer un viaje. Cuando se haya tomado el batido en el último establecimiento, vaya al baño *de señoras*, recuérdelo, al baño de señoras.

El hombre desapareció bajo las olas. Leal se zambulló también para tratar de encontrarlo y exigirle explicaciones, pero la oscuridad era total. Cuando emergió, sofocado, el tipo flotaba detrás de él.

—Invente algo plausible —resopló— para que pueda ausentarse por lo menos dos días y dos noches. Para ese viaje tiene que comprarse, ese mismo día, una muda de ropa nueva, cinturón y zapatos incluidos; no lleve su reloj habitual. ¡Ahora lo más difícil, atienda bien!

El hombre se zambulló, pero no por mucho tiempo. Cuando salió a la superficie concluyó, esta vez en un español cubano:

—Si alguien le pregunta: «¿Cómo está el Cucalambé?» Usted debe responder: «Como usted lo ve».

Al pronunciar esta última frase, una ola arrastró al desconocido hacia el doctor, que le asestó una trompada en plena careta, con una fuerza tal que creyó haberla roto. El hombre perdió el control de sus movimientos por unos segundos, y Leal consiguió agarrarlo por las greñas mientras otra ola los sumergía a los dos en un forcejeo que no tardó en decidirse a favor del enigmático emisario, que era más flexible, más fuerte y mucho más joven que el doctor. Antes de que el insólito mensajero se esfumara delante de él como un pez de los abismos, tuvo la serenidad de repetir: «¿Cómo está el Cucalambé? ¡Como usted lo ve!» Otto braceó con fuerza y movió las piernas para alzarse por sobre el oleaje, con la esperanza de volver a ver al mensajero. Pero lo único que percibió fue el chapoteo y la algarabía de los nadadores que ahora, levantando las manos en el vaivén de las olas, agitaban sus trajes de baño para mostrarse unos a otros que estaban nadando en cueros. El doctor repitió mentalmente lo que había oído, las direcciones de la Calle 8, la misma hora, tres días seguidos, la barra, batido de papaya, sin azúcar, el baño de señoras la última vez, un viaje, ropa nueva sin llevar su reloj, y aquella contraseña o lo que fuese, que ahora más bien le parecía un broma: «¿Cómo está el Cucalambé? Como usted lo ve».

Su estupor era tal que ahora cuestionaba lo que, en efecto, le había ocurrido. No se reconocía. Era como si dentro de él hubiera surgido otro hombre, un usurpador de su verdadero yo al que había que perseguir. Un montón de ideas surgían como noctilucas verduscas y reverberaban en su mente, moviéndose como amebas en todas direcciones sin que ninguna encontrara un rumbo fijo. ¿Quién sería ese amigo que quería verlo en secreto? Sospechó que el emisario tenía algo que ver con el suicidio de Samuel. ¿Y si lo del suicidio fuese un embuste? ¿Milena estaría involucrada? Siguió nadando con la esperanza de que el fantasma de la careta apareciera otra vez. Se mantuvo a flote, hasta que tragó un par de buches de agua y comenzó a acercarse a la orilla. Los jóvenes nadadores ya se habían marchado.

Cuando entró en su habitación examinó precipitadamente todas sus pertenencias, los calcetines, los calzoncillos, su cartera con las tarjetas de crédito, los zapatos. Todo le inspiraba recelo: la máquina de afeitar, el bolígrafo Mont Blanc que le había regalado Lena, ¿debería botarlo todo? ¿Y si hubiesen instalado cámaras en la habitación? El reloj de pulsera estaba donde lo había dejado, sobre la almohada, pero tampoco parecía el mismo. Sí, sí era el mismo. Si no se calmaba se iba a volver loco. Miró a todos los rincones. ¿Se estarían riendo de él?, pensó mientras sacaba sin orden ni tino toda la ropa de la maleta, y entonces encontró un papel que lo devolvió a la atmósfera perdida de su hogar sueco. Leyéndolo, Leal se deslizó con la espalda contra el costado de la cama hasta sentarse en el piso, como si le hubieran dado una puñalada. Amanda, su niña pequeña, había escondido un sobre entre sus ropas con la esperanza de que él lo descubriera lejos de casa. Era una costumbre suya: cuando veía a su padre haciendo las maletas, se las arreglaba para meter dibujitos, o notas inconexas o algún juguete suyo, como «compañía secreta de viaje». Esta vez había dibujado a una niña de largas trenzas (como las suyas) con enormes lazos anaranjados, de cuyos ojos caían unos lagrimones pintados de un amarillo turbio como la pus. Debajo había escrito, en sueco y con faltas de ortografía: *Papi, espero que soportes unos días sin mí.*

Siete

El apartamento de Tony Galán estaba en Brickell Key, en un décimo piso desde donde se veían la Bahía Vizcaína, los rascacielos del Down Town y la inmensidad del Atlántico. Otto dejó el hotel de Ocean Drive y se presentó con su maleta. A partir de esa noche, Galán le dejaría el apartamento todo el tiempo necesario, y se iría a vivir a otro piso de su propiedad en el mismo edificio. Galán era trece años mayor que Otto y un hombre de cierta cultura. Sus maneras refinadas, su conversación ingeniosa y su buen gusto ocultaban un hombre duro y de reconocido coraje. Para Otto, su amigo era la encarnación de una parte apasionante de la historia de Estados Unidos. Hijo privilegiado de la alta burguesía habanera, Galán llegó a Miami en 1960 y, siendo un jovencito, fue reclutado por la CIA. Aprendió técnicas de asesinato, tiro de combate, camuflaje y sabotaje submarino, y se hizo experto en explosivos. En aquel año de 1960 creció en la Florida un ejército de más de cinco mil mercenarios con el fin de liquidar a la Revolución. La CIA, que organizó y financió los comandos secretos paramilitares, introdujo en el ámbito miamense un cáncer de impunidad y corrupción que más tarde mostraría sus metástasis en el asesinato de Kennedy, en Watergate y el escándalo Irán-Contras. Tres de los delincuentes de Watergate (Howard Hunt, Rolando Martínez y Frank Sturgis) habían formado parte de la guerra clandestina contra Cuba. Howard Hunt, a quien los exiliados reclutados le decían «Robert», repartía sobres con dinero contante y sonante a los paramilitares anticastristas de la Florida. Aquello era un relajo. La CIA violó las leyes que le prohíben operar en territorio estadounidense y cooperó con la mafia y con la extrema derecha batistiana radicada en Miami, que había cometido crímenes de lesa humanidad. Galán los conocía a todos, y le había contado infinidad de anécdotas a Leal. Después de operar en los Everglades, fue transportado a un campamento de Guatemala, donde se reunió con el grueso de los futuros expedicionarios, unos 1.500 hombres que pasarían a la historia como miembros de la Brigada de Asalto 2506.

El día 10 de abril de 1961 la Brigada fue transportada a Puerto Cabezas, en la Nicaragua de Somoza. Tres días más tarde zarparon de allí hacia la debacle sangrienta de Bahía de Cochinos. Cuando Galán vio cómo en la mañana del 17 de abril el Batallón 339 de milicianos de Cienfuegos, pese a lo escaso de sus efectivos y lo exiguo de su armamento, frenaba de cuajo el avance de la invasión en Playa Larga con un espíritu de combate impresionante, se dio cuenta de que las informaciones de la CIA acerca de una lucha fácil contra Castro eran puro bluff. Los cubanos los recibirían con puchas de flores. Las calles se llenarían de gente apoyando la invasión. Las Fuerzas Armadas Revolucionarias se rendirían ante el peligro de que Kennedy enviara a la aviación yanqui, y redujera La Habana a un parqueo de cadillacs. Una intervención que se les había presentado como un *cakewalk* se convirtió en un vía crucis. Conmocionado por la cantidad de muertos de ambas partes, extraviado en los manglares de la Ciénaga de Zapata y con los milicianos pisándole los talones, Galán se mantuvo combatiendo hasta el final. Herido de cierta gravedad, fue uno de los últimos expedicionarios que se rindieron.

A diferencia de la mayoría de los veteranos derrotados en Playa Girón, Tony ya no pertenecía a la Asociación de la Brigada 2506, de la que fue expulsado por sus ideas de moderación y su propuesta de un diálogo con el gobierno cubano. Galán era un hombre de derechas y de ideas conservadoras, y un defensor acérrimo de la libre empresa. Pero su distanciamiento de sus antiguos compañeros de invasión había llegado tan lejos que ahora se burlaba de las consignas de los envejecidos mercenarios: «¡Dios, Patria y Libertad! ¡Por Nuestros Mártires, el Presidio Político y los Verdaderos Héroes de Cuba, los Verdaderos Hombres, los Veteranos!» Tony pensaba que el embargo contra Cuba era perjudicial para los cubanos pero también para Estados Unidos, y defendía sin ambages —atrevimiento imperdonable en Miami— la necesidad de levantarlo inmediatamente y sin condiciones. Despreciado por el ala troglodita del exilio histriónico, pero respetado por los jóvenes que sin ser partidarios de la Revolución soñaban con la normalización de relaciones entre EE UU y Cuba, Galán era un abogado altamente cotizado por unos, combatido por otros y temido por todos. Hacía sólo unos años, una organización paramilitar de Miami lo había incluido en una lista de personajes de la cultura, el comercio y en general de cierta prominencia social, a los que habían condenado a muerte «por dialogueros, vendepatrias, filocastristas y traidores». Su delito era preconizar un acercamiento entre el exilio y Cuba. «Las penas serán impuestas en Cuba libre», concluía la amenazadora proclama. Desde que lo conoció en los años ochenta, en el transcurso de una conferencia en la Universidad, Otto experimentaba un afecto casi filial por Tony. A él le debía, en mucho, su interés por la historia de Cuba.

Sentados al fin el uno frente al otro y saboreando un whisky *single malt*, Otto relató el interrogatorio del aeropuerto con todos los detalles que fue capaz de recordar. Describió a los dos interrogadores, la forma en que lo trataron y las palabras que usaron. Después habló del inesperado encuentro con el interrogador «criollo» en el restaurante Cuba Pork y terminó contando la enigmática llamada con el mensaje burlón de «Doctor... ¡lo van a agarrar asando maíz!». Sin embargo, no mencionó el encuentro en la playa con el nadador nocturno y su historia del «amigo» que quería verlo. El jurista lo escuchó sin pestañear, relajado e inclinado levemente hacia delante. Durante el tiempo en que Otto habló, Tony no lo interrumpió ni hizo ningún tipo de comentario. Luego se arrellanó en el asiento y dijo algo anodino sobre la intrascendencia de todo aquello, eso no tiene importancia, Otto, vivimos tiempos confusos a causa del terrorismo, no lo tomes a pecho ni tienes que preocuparte, son pruebas de rutina, yo creo que las autoridades están pescando en río revuelto, a ciegas, a ver quién pica o cae en el jamo.

Otto no se esperaba una respuesta tan superficial de un hombre tan agudo como Galán. Lo que el doctor no captó a tiempo fue que el astuto abogado había dicho eso con la boca, mientras sus ojos comunicaban otro mensaje muy diferente. Las facciones de su viejo amigo expresaban una alarma total que no concordaba con sus frases tranquilizadoras y banales. Esa incongruencia provocó un revuelo interior en el doctor, mientras su amigo sacaba de la chaqueta una ostentosa pluma de fuente italiana de marca Aurora, que por su forma y grosor parecía un refinado torpedo de plata, con la que garabateó algo en un block Moleskine que estaba en la mesa. Lo que Galán escribió lo dejó tan estupefacto como todo lo que hasta ahora le había sucedido. El abogado lo conminaba a que fuera al baño y se desnudara, «quítatelo todo, los calcetines, los zapatos, los calzoncillos...» y, una vez en cueros, le pedía que se pusiera una de las batas de baño que encontraría en el clóset. Como Otto dudaba, su amigo lo ayudó a que se moviera:

—¿Qué dices, que quieres ir al baño? Mira, allí está.

Galán se llevó el dedo índice a los labios, para ordenarle que se callara y obedeciera. El doctor salió del baño envuelto en un bruñido albornoz azul, con cara de pocos amigos. Tony rellenó los vasos de whisky, puso una guaracha cualquiera a todo volumen y lo invitó a salir al balcón, desde el cual se dominaba el océano oculto por la tiniebla de agosto, envolvente como una tela negriazul humedecida con agua tibia. Las luces de los buques desperdigados en el mar brillaban como lentejuelas. Y Galán habló de esta manera:

—Tu situación es de una gravedad extrema. A juzgar por el nivel de presión que están ejerciendo sobre ti, y los métodos de intimidación y confusión que están usando para derrumbarte, es plausible suponer que por razones que ignoro te atribuyen una importancia fuera de lo común. Algo grueso están tramando, y se han fijado en ti. Por lo tanto, querrán saber qué haces, con quién te reúnes y qué dices durante tu estancia en Miami. A partir de ahora tienes que actuar de acuerdo a un principio fundamental, aunque no te guste: NADA NI NADIE ES LO QUE PARECE SER.

Otto estuvo a punto de preguntar: «¿Tú tampoco?». Pero no dijo nada. Ahora las luces de los buques parecían montoncitos de cocuyos adormecidos en el abismo. La música salía como un chorro de ondulaciones hacia la terraza, y el coro decía: *No importa lo que suceda/ y aunque en Mami me muera,/ mi alma se irá volando/ para una esquina habanera.* El abogado miró hacia los cocuyos dormidos en el Atlántico y Otto pensó, sintiéndose ridículo en su bata de baño: lo único que falta es que desde aquellos barcos nos estuvieran escuchando con micrófonos direccionales supermágicos. Tony tenía el aspecto de alguien que se está devanando los sesos.

—Para que entiendas tu situación, déjame decirte que no te han hecho un interrogatorio «policial» —dijo su amigo—. El objetivo básico de un interrogatorio corriente es obtener información para corroborar o descartar una sospecha, u obtener la admisión de culpabilidad de alguien que ha cometido un delito. En tu caso se trata de otro proceso más complejo: quieren convertirte en un instrumento de la política exterior de Estados Unidos en su interminable lucha contra Cuba. Fíjate que no he usado la palabra «agente». He dicho instrumento, herramienta. Si no logran convencerte, intentarán agarrarte por los cojones y obligarte.

La música salía por la puerta de cristal abierta. El cantante se lamentaba de que se moriría en Miami y no en Cuba, pero que su alma volaría «con la lengua afuera» hacia una esquina habanera. Otto intentó visualizar la imagen: multitudes de almas en pena volando por sobre el Estrecho de la Florida, como balseros fantasmas navegando por los cielos, amortajados como los había descrito la dependienta de la florería pero *con la lengua afuera.* Al imaginarse aquel éxodo de espectros ex-exiliados tomando posesión de su esquinita habanera, le dieron ganas de tirar por el balcón el vaso con whisky y todo, con la esperanza de descalabrar a algún agente celoso del cumplimiento del deber que estuviese espiando abajo. Mientras tanto, Willy Chirino cantaba: *A mí me gusta la Calle 8 / y Flagler y la Sagüesera/ ¡Ay, pero cómo yo extraño/ a mi esquinita habanera!*

—La saga de que has violado las leyes de este país por viajar a Cuba, sin permiso del Departamento del Tesoro, es irrisoria y no tienes nada que temer. Aquí todos los cubanos violamos las restricciones de viajar a Cuba. Desde 2004, George W. Bush introdujo un paquete de medidas para «eliminar a Castro», por medio del cual se nos prohíbe ir a Cuba más de *una vez cada tres años*. ¡Somos el único grupo de inmigrantes de este país que estamos sometidos a semejante arbitrariedad! Entonces la gente burla como puede al Departamento del Tesoro. A ti te imputan algo peor: que has tenido contactos *laborales* con Cuba en el área *científica*. Y tú has «confesado» que tienes conocimiento de primera mano sobre el Centro de Ingeniería Genética y Biotecnología de La Habana.

—Negarlo hubiera sido mentir —dijo el doctor.

—¡Bah! Ellos parten de la premisa de que todo el mundo miente. Tu sinceridad podría alentarlos a llevar adelante tu reclutamiento. Son pocos los que no mienten bajo presión. En ti, ellos ven a una personalidad de características únicas. Si logran no ya «probar» que en ese Centro se realizan investigaciones *bioterrorista*, sino tan sólo *sembrar esa duda* en la comunidad científica internacional (y por esa vía en los medios de comunicación) cualquier medida que Estados Unidos tomara contra Cuba sería tolerada.

—La verdad es que me cuesta trabajo tomar esto en serio. ¿Cómo pueden acusar de bioterrorismo a una institución que, como promedio, la visitan más de 12 extranjeros *diariamente*? Oye Tony, ¿puedo vestirme?

—Todo lo que han hecho contigo tiene una lógica inexorable. Seguro que han realizado un estudio de tu personalidad, tus contactos, tus debilidades y hasta de tu vida erótica, para no hablar de tus cuentas de banco, tus deudas y tus ingresos. La mentalidad de esa gente es muy simple. Ellos saben que toda persona adulta tiene un esquema mental del mundo externo, y de las reglas y condiciones que rigen la vida. Ese esquema mental es el que la gente usa para descifrar los acontecimientos. Para ellos, esos esquemas son fáciles de cambiar. Por eso actúan sobre lo que llaman «las creencias corregibles». Un ejemplo: la perspectiva de una existencia sin estrecheces económicas conduce, en la mayoría de los casos, a un replanteamiento del modo de entender la moral, la política e incluso el amor. El miedo larvado es también una motivación imbatible para adaptarse, es decir: para claudicar. Y volverán a ti, no te quepa duda. Entonces afrontarás a los lobos que no aúllan. Gente capaz de darte una conferencia sobre Stravinsky, la quimioprofilaxis o la Epopeya de Gilgamesh, horas después de haber torturado a alguien en Guantánamo.

Cuando Galán dijo eso, al doctor se le cayó el vaso.

—¡Otto, cojones! —gritó Galán, mientras el vaso descendía hacia los jardines de aquel barrio-isla de lujo, destrozándose muy lejos de ellos, como en el fondo de un pozo y sin hacer ruido.

—¡Se me resbaló, Tony! Ojalá que no haya matado a nadie.

—¿Dónde dejaste la ropa?

—Donde tú me dijiste, en el baño.

—Pues vamos a examinarla. Yo tengo un aparato que detecta todo tipo de artefactos. Pero antes, debo ponerte al corriente de una serie de hechos que dada la situación en la que te han metido, podrían actuar en tu contra. En 1998, el Departamento de Justicia acusó a 14 cubanos radicados aquí, en la Florida, de conspirar para recopilar y entregar información sobre la defensa de EE UU «con vistas a ayudar a un gobierno extranjero», es decir, espiar a favor del gobierno de Cuba.

—Por favor Tony. Yo soy médico.

—¡Trata de ver los vínculos de lo que sucede en Miami, con tu situación personal! Esos cubanos eran agentes castristas *infiltrados*. A cuatro de ellos no pudieron cazarlos nunca. Se escaparon a tiempo y todo el mundo piensa que lograron irse a Cuba. Eso es fácil, la Isla está allí mismo —Galán señaló el océano estirando un brazo por encima del balcón—. De ellos, cinco se avinieron a negociar con el fiscal para evitar penas más severas, y recibieron sentencias entre tres y siete años. Sin embargo, a los cinco restantes no hubo forma de quebrantarlos y han actuado con una gallardía suicida. No aceptaron componenda alguna con el fiscal por considerarse inocentes de la imputación principal: la de conspiración contra el gobierno norteamericano. ¡Y eso ha sido demostrado! Ellos protegían a su país de *grupos terroristas de origen cubano* asentados en Miami. Pero como para Estados Unidos el terrorismo contra Cuba es *bueno*, las condenas contra los cinco irreductibles fueron injustas y desmedidas: suman cuatro cadenas perpetuas.

—¡Cuatro cadenas perpetuas!

—Más de 74 años de prisión, después de haberlas cumplido.

—Tony, vamos a examinar mi ropa con tu aparato.

—Las organizaciones de terroristas miamenses que los cubanos habían infiltrado iban a introducir explosivos en Cuba para volar los postes de alta tensión y colapsar el sistema eléctrico del país, e iban a enviar avionetas llenas de explosivos dirigidas por control remoto, para lanzarlas contra una manifestación multitudinaria en la Plaza de la Revolución. ¿Te imaginas las decenas de miles de muertos inocentes? Esos cinco infiltrados evitaron esa masacre y por eso están presos aquí. Ahora voy a terminar, y verás por qué todo esto te concierne: lo que saben de ti con precisión militar, fechas, nombres, detalles de tu vida privada, cosas que has dicho aquí y allá, podrían adulterarlo y usarlo contra ti. Sin cobertura legal sostenible, a los cinco irreductibles de la Seguridad cubana los *enterraron* en las celdas de castigo del Special Housing Unit del Centro de Detención Federal de Miami. A ese lugar le dicen *el hueco dentro de un hueco*.

—Tony, basta. Me estás llenando la cabeza de musarañas. Yo no soy un infiltrado sino un cirujano de reputación intachable.

—*Eras*. Ahora eres una pulga bajo una lupa.

Galán entró al apartamento con su andar pausado, de viejo que pasa demasiadas horas agrandando su masa muscular en un gimnasio, y volvió con un periódico en el que había una noticia marcada con la pluma Aurora:

> El director nacional de Inteligencia de los Estados Unidos, John Negroponte, anunció este viernes pasado la creación de una «misión especial» para supervisar las actividades de inteligencia contra Cuba y Venezuela. Negroponte nombró al veterano del campo de inteligencia, J. Patrick Maher, como director de esta nueva misión de espionaje. Maher, quien actualmente ocupa el puesto de oficial de Inteligencia Nacional para el Hemisferio Occidental dentro de la Dirección de Inteligencia Nacional, y quien también forma parte del Consejo de Inteligencia Nacional (cuerpo que asesora a la comunidad de inteligencia en áreas de estrategia y acción) ha trabajado durante 31 años en la Agencia Central de Inteligencia.

—¿Y?

—Pues que todavía la Dirección Nacional de Inteligencia de Estados Unidos no ha terminado de estrenar una nueva misión especial de espionaje contra Cuba y Venezuela, ¡y ya te están reclutando a ti! Yo no creo que sea una casualidad. ¿Quién podría sospechar de un cirujano radicado en Suecia? ¿Quién podría dudar de lo fidedigno de tus testimonios? La actuación de ese payaso cubano-americano, por ejemplo... no la eligió él sino que responde a un guión muy bien pensado. Sin embargo... no entiendo qué coño ganan con amenazarte y después pedirte disculpas... No me gusta ese forcejeo... ¡Me temo que pronto verás a los muchachos de Maher!

—¿Qué me aconsejas? —preguntó el doctor.

—Que tomes las de Villadiego y vuelvas a tu limbo sueco. Olvídate de tus clases en Puerto Rico. No vayas más a Venezuela ni a Cuba. ¿Qué puede darte Cuba, Otto, que no sean problemas? Tus aventuras con Médicos sin Fronteras también debes evitarlas. Todo eso se acabó para ti.

—Volveré a Suecia cuando me dé la gana, y seguiré yendo a Cuba. Los delitos que me imputan son imaginarios.

—Ellos los pueden convertir en delitos reales. El FBI admitió que los cinco cubanos no habían recabado ni obtenido información clasificada alguna que pudiera comprometer la seguridad nacional de Estados Unidos. Sencillamente no habían venido para eso, y está comprobado que no eran espías a la caza de secretos bien guardados por este país. Y no obstante los han tratado como animales. Aunque falsa, las autoridades disponían de una acusación de envergadura y la tergiversaron para destrozarlos. En tu caso, no les costaría nada *fabricar* esa acusación si tú te pones renuente. ¿Ves, Otto, por dónde vienen los tiros? La rueda de la historia se te está acercando. Ante ella, estás desamparado.

—Tony, ¿tú puedes prestarme un arma?

—¿Qué has dicho?

—Una pistola, por ejemplo.

Fuera de sí, el abogado tiró su vaso al vacío con una fuerza tremenda.

Otto miró hacia abajo con la esperanza de que algún agente nocturno cayera fulminado por el vaso. Pero sólo vio la piscina iluminada y azul, empequeñecida por la altura.

—¡No seas ridículo! ¿Qué carajo harías tú con una pistola?

—Defenderme de la historia.

Galán se echó a reír y se dejó caer en una de las butacas de mimbre del balcón. Así permaneció unos instantes, como si no encontrara más argumentos, y el doctor se dio el lujo de mirar el apretujamiento de luceros tibios del firmamento. Buscó la Osa Mayor, como solía hacer en Suecia, y no la encontró. Un talco sideral resplandecía en la inmensidad. Galán dijo:

—Sígueme.

El aparato era negro, no tan pequeño como Otto se lo había imaginado, y tenía botones y lucecitas. Cada vez más ansioso, Galán lo pasó por cada milímetro de la ropa, el cinturón y los zapatos del doctor. Cuanto más acariciaba las piezas de ropa, más se le deformaba la cara.

—Nada —constató al fin—. ¡Nada!

Como una doncella que acaba de salvarse de una violación, Leal se vistió en silencio.

—No es posible —dijo Galán, dubitativo.

—Está bueno ya, Tony. Cualquiera se equivoca.

—Si tu ropa está limpia es porque te tienen chequeado de otra manera.

—O porque no tienen por qué chequearme, no jodas más.

—¡Si no desconfían de ti, es peor todavía!

Ahora Tony podía decir lo que quisiera. Pero Otto sentía un alivio muy grande.

—Tony —dijo casi sin pensarlo—, ¿a ti te gusta el batido de frutabomba?

Y se quedó observándolo, como si fuera un paciente al que le ha comunicado un diagnóstico fatal.

—Me encanta —respondió sonriente el expedicionario de Bahía de Cochinos—. Pero ahora no vamos a tomar batidos, sino a comer por todo lo alto. ¿Todavía te gusta la langosta *grillée*?

Ocho

Fueron al restaurante de un hotel de lujo. La conversación, en la que el abogado llevó la voz cantante, abarcó recuerdos mutuos, asuntos de mujeres y algún que otro estereotipado análisis de la situación cubana (tema obligado en Miami). Otto se limitó a escuchar. Estaba preocupado por todo lo que le había contado su amigo. ¡Antiterroristas cubanos tapiados en huecos dentro de otros huecos! ¡Una misión especial de espionaje contra Cuba y Venezuela! Cada vez que Otto le preguntaba algo sobre la muerte de Samuelito, Galán se las arreglaba para hablar de otra cosa. Por ejemplo del vino blanco de Borgoña que estaban bebiendo, y del que Galán se declaró «adicto». Se llamaba Corton-Charlemagne Grand Cru de 2003, un «jugo de los dioses», definición de Galán: aromas de jengibre y limón, frescura condimentada, un elixir para la virilidad.

—Háblame de mi hermano, Tony.

La delicadeza de la gastronomía contrastó con la sordidez de lo que Galán sabía sobre Samuel Leal. Por suerte, lo narró todo con la eficacia objetiva del abogado sin escrúpulos que en el fondo era:

—Samuelito se suicidó de un tiro en la sien. Se acostó bocabajo en su cama, empuñó el revólver con la mano derecha y lo sujetó con la izquierda, de modo que cuando lo encontraron la cabeza reposaba dentro del arco formado por sus brazos. Tu hermano usó un revólver de doble acción, modelo Bulldog calibre 44 Special, de acero inoxidable, empuñadura envolvente de goma negra y tambor de cinco balas de 15,9 gramos y 10,91 milímetros, para el que tenía licencia. El poder de esos proyectiles es devastador, el destrozo del cerebro fue total y la muerte instantánea. Yo asistí al levantamiento del cadáver y no existe la menor duda de que fue un suicidio. Tú conoces bien lo que se denomina el *espasmo cadavérico*: Samuelito tenía el Bulldog firmemente oprimido gracias a la contractura de las manos, que estaban furiosamente aferradas al arma pese a que el resto del cuerpo yacía en relajación. Esto prueba que el arma estaba en sus manos *antes* de que la muerte acaeciera, o más bien en el instante mismo de la muerte, pues como sabes no es posible colocar un arma en las manos de un cadáver y lograr que lo oprima con energía.

Otto hizo una mueca que fue un puchero grotesco y un esfuerzo por contener el llanto. Destrozo del cerebro. Espasmo cadavérico. Bulldog. Balas de tantos y más cuántos milímetros. Leal se descompuso. Quizás fuese la detallada descripción del suicidio, o tal vez el vino. Pero tuvo que bajar la cabeza y ocultar la cara con las manos para disimular, y cuando miró de nuevo a Galán tenía los ojos llenos de lágrimas. Despacio, tuvo el mal gusto de secárselos con la servilleta.

—¿Por qué quería morirse mi hermano, Tony?

Galán se puso filosófico:

—Las motivaciones humanas son siempre insondables —dijo.

—Jorge le sufragaba todos los gastos. Vivía con mamá en una casa pequeña pero moderna, y no pagaba un centavo. Tenía amigos y amigas, y eso me consta. ¡Ni siquiera necesitaba trabajar!

—¡Tu hermano era heroinista, comemierda! En los últimos tiempos le dio por revender cocaína y le encontraron *trece kilogramos* debajo de la cama. Por suerte la policía lo tenía estrechamente vigilado, y lo sabían todo de él y sus compinches. Incluso sabían quiénes eran los dueños de esa droga. Pero la muerte de tu hermano impidió que se hicieran detenciones. Jorge lo tergiversó todo para que no trascendiera. Entre los desastres que ocurrieron ese día en la ciudad, hubo un arreglo de cuentas entre unos gánsteres. A dos hombres que circulaban en un Mercedes Benz por el Okeechobee Road, creo que a la altura de la calle 21 de Hialeah, los interceptó un grupo de individuos a bordo de un Jeep Liberty y ¡zás! los ejecutaron. Les dispararon con rifles de asalto AR-15 y los peritos determinaron que cada una de las víctimas recibió un promedio de doce disparos en diferentes partes del cuerpo. Los asesinos, que se dieron a la fuga, siguen libres sin que la policía tenga datos sobre su identidad o paradero, pese a que se instrumentó un operativo enorme en la zona. Eso ocurrió a la misma hora del suicidio de Samuel, mientras la policía acribillaba a un ladrón prófugo en otro sitio. Jorge tiene a la providencia de su parte. El resultado final es que nadie sabe a ciencia cierta cómo ni dónde murió tu hermano. La versión del accidente prevaleció. Además de Jorge y la policía, lo del suicidio sólo lo sabemos tú y yo.

—¿Quién descubrió el cadáver?

—La asistenta de tu mamá.

—Entonces ella también lo sabe.

—Es como si no lo supiera. Prometió no abrir la boca.

—¿Milena es de confianza?

—Debería irse de Miami —dijo Galán mirándolo de soslayo.

—¿Por qué? —se apresuró a preguntar Otto.

La algarabía de una mesa cercana llamó la atención de los dos amigos. Un señor vestido de guayabera y un poco más viejo que Galán (o tal vez más avejentado) discutía estentóreamente con dos hombres. Galán hizo un gesto de fastidio y Otto afiló el oído. El anciano apostrofaba a sus compañeros de mesa con criolla brutalidad: «¡Tú estás equivocado, chico!», vociferaba, mientras el equivocado escuchaba con sumisión. Otto hubiera querido entender el objeto de las ráfagas del caballero bocón, pero el tema era demasiado miamense para un forastero. Le interesaba saber por qué Milena «debería irse de Miami», pero Galán dijo:

—Esos dos sabandijas representan la crema del periodismo del exilio. Aunque escriban sobre el color de los ojos de los murciélagos de Cuba, siempre acaban reproduciendo el mismo artículo sobre la maldad de la Revolución. A veces gimen sobre crueles desengaños literarios. Otras evocan alguna melancolía lezamiana. Ahora están en la moda de publicar diatribas contra José Martí. Pero como tienen tanto miedo, las ideas les salen con cara de cachorros estreñidos.

—¿Qué temen?

—Aquí siempre hubo un miedo oculto que nadie asume. Un miedo muy miamense y muy soterrado, que existe viscoso y ciego como un gusano sin boca debajo de todo lo que se dice y se hace. Miedo al vecino, al patrón, al colega, al que viene de fuera, al que tiene una opinión diferente. Miedo a las emisoras de gente vociferante capaz de arrastrar por el estiércol a la reputación más limpia. Y pánico de que un día un presidente declare en Washington que iniciará negociaciones con el gobierno de La Habana. Porque entonces se les acaba el negocio y se morirían de hambre. Esos profesionales de la desinformación temen traspasar el umbral político impuesto por los verdugos del pensamiento en Miami.

—¿Y el viejo de la guayabera?

—Es uno de esos verdugos. ¿No te da miedo mirarlo?

—No.

—Pues es un ejecutivo de la Fundación Cubano Americana. ¡Míralo cómo pontifica! Los escribidores que ha invitado parecen dos peregrinos escuchando al Papa en la Plaza de San Pedro. Sólo faltan la columnata balaustrada y las figuras de los 140 santos. A juzgar por el pánico reflejado en las caras de los periodistas, los está aleccionando sobre el último escándalo que ha conmocionado las altas esferas del anticastrismo profesional: un ex director de la Fundación Nacional Cubano Americana está reclamando el millón y medio de dólares que invirtió, y que ahora dice que le robaron, en un intento fallido de asesinato a Fidel Castro.

Otto miró hacia la mesa del miembro de la Fundación Nacional Cubano Americana, que estaba tomando coñac, y no vio en él ningún signo exterior que delatara su contubernio con un grupo de asesinos. Era un cubano reyoyo y natural, de calva redonda, ojillos frenéticos y orejas colgantes, y tan fofo y culón como cualquier viejo que ha comido demasiados frijoles negros.

—El inversor del millón y medio en el complot de magnicidio se llama Toñín, y ha presentado una querella contra sus antiguos compinches paramilitares nada menos que por estafa. ¿Te das cuenta, Otto? —preguntó retóricamente Tony con cara de risa—. Eso sólo puede suceder en Miami: alguien invierte una fortuna en un asesinato y después quiere demandar a sus secuaces por el dinero desaparecido en el intento. En 1997, la Fundación Cubano Americana eligió un «comité bélico» que durante cuatro largos años preparó el operativo de asesinato del presidente de Cuba. Castro iba a asistir en Isla Margarita a una reunión de jefes de Estado, la Séptima Cumbre Iberoamericana, y allí lo iban a matar. Con la plata de Toñín & company, los secuaces de ese venerable señor que ves ahí tomando coñac, adquirieron ocho barcos artillados, un helicóptero de carga, diez aviones ultralivianos teledirigidos, un arsenal de material explosivo y una moderna lancha rápida Midnight Express.

Leal no pudo contener las ganas de reír. Tony tenía la facultad de ponerlo de buen humor. No podía creer que unos detalles tan insólitos fueran ciertos: barcos artillados, un helicóptero, el nombre estrafalario de la lancha rápida.

—¿Para qué querían la *Midnight Express*?

—Para llevar a Cuba al entonces presidente de la Fundación, Jorge Mas Canosa, que Dios lo tenga en la gloria y de quien su viuda ha dicho que era «un soldado de Cristo». A Mas lo trasladarían en la lancha supersónica después de producirse el planeado asesinato de Castro, al que ellos llamaban macarrónicamente «la solución física». Pues los conjurados estaban seguros de que la muerte de Fidel provocaría un repentino y catastrófico cambio político en la isla. Eso fue en octubre de 1997. El aguerrido comando operativo de la Fundación zarpó hacia Isla Margarita en un yate que también tenía un nombre novelero, *La Esperanza*, artillado con no sé cuántas ametralladoras y un rifle de alto calibre con mira telescópica, con el que iban a descabezar al Comandante. El problema es que el FBI detuvo *La Esperanza* cerca de las costas de Puerto Rico. Dicen las malas lenguas que fueron los propios servicios secretos de Castro los que advirtieron anónimamente a las autoridades americanas, y que en cuanto el FBI abordó *La Esperanza*, uno de los implicados les mostró el arsenal gritando: «¡Déjennos tranquilos, que vamos a liberar a Cuba *neutralizando* a Fidel!», o algo por el estilo. Después del juicio, todos los integrantes del grupo terrorista fueron exonerados de culpa y puestos en libertad. Eso es Miami, hermano, eso es Miami... ¡En Isla Margarita estaba hasta el rey de España, y esa gente iba a formar un tiroteo allí! Hoy en día, de aquella operación y el ansiado asesinato sólo queda una agria disputa judicial, y las panzas de ese descarado y la de sus correligionarios. Mientras tanto, mister Toñín espera que la Fundación le devuelva su millonaria inversión, y la Fundación espera por lo que llaman «la solución biológica». O sea, que Castro se muera de viejo para que ocurra el ansiado revolico en la Isla y ellos puedan volver, volver, volver, con la frente marchita.

—Tony, ¿por qué te interesa tanto toda esa mierda?

Ahora fue el abogado el que se echó a reír.

—¡Otto! ¿Sabes qué? Tú eres medio bobo. ¿Todos los suecos son tan bobos?

—No, chico, no. Te lo pregunto porque yo no tendría tiempo para estar al tanto de esos enredos.

—Yo vivo aquí, *brother*. Digamos que soy el hombre dentro de nuestras circunstancias. Por ejemplo, esos dos escribidores deben de tener un miedo horroroso. El *Miami Herald* acaba de revelar que varios periodistas, que se las daban de independientes a la hora de criticar a Cuba, recibieron miles de dólares del Gobierno Federal justamente para... criticar Cuba. Uno era director de noticias del Canal 41 de la televisión local. Otro, reportero afiliado a Univisión y responsable de los asuntos vinculados a la comunidad de origen cubano. La chillona Ninoska Pérez, ex vocera de la Fundación Nacional Cubano-Americana y que ahora funge como locutora de Radio Mambí, también aparece en la lista de los asalariados corruptos del Gobierno Federal para desinformar sobre Cuba, junto con Carlos Alberto Montaner.

—A mí esos nombres no me dicen nada, Tony.

—Porque fuera de aquí no significan nada. Alégrate de no haber bajado nunca a esa cochiquera. Tú vives en un mundo de investigaciones serias, y por eso te han elegido. Observa qué diferencia existe entre la organización a la que tú perteneces, Médicos sin fronteras, dedicada a salvar vidas, y Reporteros sin fronteras, financiada por el Departamento de Estado. ¿Te das cuenta? ¡Reporteros sin fronteras también está en la lista de asalariados que cobran para escribir contra

Cuba! Y si tienen un ejército de periodistas comprados, ¿por qué no iban a tener un grupo de cirujanos chantajeados?

Había llegado la hora del postre, y Tony hizo un amargo discurso contra las natillas, los chayotes rellenos y los flanes. Cuando habló del arroz con leche, los casquitos de guayaba y el cusubé, el discurso degeneró en diatribas groseras.

—Por lo tanto —dijo— terminemos con un surtido de bombones de Chuao Chocolatier, de California, y de Domori italianos, fabricados con el cacao venezolano, que es el mejor del mundo.

Galán se deleitaba y Leal se metía los bombones en la boca como un autómata. Los chocolates se engrandecían en el paladar y sabían a cardamomo, canela, pasas y almendras garapiñadas. Comieron como niños malcriados, y entre bombón y bombón tomaron unos buchitos de un madeira llamado Cossart Gordon Malmsey 10 Years. Cuando les trajeron el café y un calvados de nombre impronunciable, el camarero les dio la noticia de que Fidel Castro acababa de fallecer en La Habana.

Otto y Tony se miraron con la boca repleta de Chuao Chocolatier.

—Lo están repitiendo en todas las emisoras —dijo el camarero para despejar las dudas— la CNN está reportando desde La Habana.

Leal comprendió que estaba viviendo un momento histórico, y miró instintivamente a la mesa de los presuntos escribidores mercenarios del Gobierno Federal y su estridente jefe mafioso. ¡Al fin habían obtenido «la solución biológica» que tanto anhelaban! Pero habían desaparecido como por arte de magia. Probablemente, pensó, ya estarían a bordo de la Midnight Express. Galán pagó y bajaron al lobby, para recabar información. Todo parecía indicar que Castro aún no había muerto. Según los partes referidos por CNN, había tenido una grave hemorragia intestinal, lo habían operado de urgencia y, por primera vez desde 1959, y con carácter «provisional», el Comandante había transferido el poder a un equipo de siete personas encabezado por su hermano Raúl Castro, jefe histórico de las Fuerzas Armadas. El pronóstico era grave.

Tony se declaró demasiado borracho para manejar, y dejó su auto en el garaje del hotel. Buen conocedor de su propio patio, metió a Otto en un taxi y ordenó al chofer que recorrieran la Calle 8. A la altura del restaurante Versailles, una turba exaltada celebraba la posible muerte de Castro. Un señor muy combativo, de traje blanco y sombrerito de jipijapa, vociferaba consignas escoltado por un racimo de damas gordas que aplaudían y escanciaban jipíos de repudio. El caballero de blanco que las comandaba hacía fieros gestos de coraje, gritando y alzando un cartel que decía:

¡Murió Fidel: paro laboral en Cuba!
¡Todos a la huelga general!

Cada vez que el hombre vociferaba esas palabras, con voz chillona para destacarse en el vocerío, las damas sudaban a chorros y se desgañitaban:

—¡Que se levante en armas el pueblo de Cuba!

Como el pueblo que tenía que levantarse en armas e ir a la huelga general estaba al otro lado del Estrecho de la Florida, los gritos de los combatientes de la Calle 8 eran desgarradores. Dos jóvenes, ayudados por un anciano cojo, alzaban con orgullo una bandera americana gritando esta consigna:

—¡Viva Cuba Libre!

En varias esquinas se aglutinaba el gentío en torno a las camionetas de un par de vivos de Hialeah, que aprovecharon la embriaguez necrofílica de aquel momento irrepetible para hacer su humilde zafra: vendían banderitas cubanas y americanas, para que la gente las agitara a dos manos, juntas y revueltas, en la noche victoriosa de Miami. También vendían banderas enormes de los dos países. Muchos avanzaban enrollados en las banderas, como si fueran toallas, en una danza macabra en loor de la muerte de alguien que, a juzgar por lo que decía la radio, todavía estaba vivo. En una esquina había un señor con otro cartel elocuente, pues representaba el mapa de Cuba pero con una enorme bandera americana clavada en La Habana. Abajo se leía:

CUBA: ESTADO 51 DE LA UNIÓN AMERICANA

A Otto le pareció encontrarse en un teatro al aire libre. Lo que más le llamó la atención fue la actitud parrandera y al mismo tiempo feroz de una multitud que libraba una batalla contra un posible muerto a 90 millas de distancia. En otros había una actitud de paroxismo fingido, de frenesí postizo. Aquella combinación de bachata pública, politiquería funeraria y guapería a larga distancia le hizo sentir pena por aquella gente, y vergüenza de ser cubano. Las autoridades se vieron obligadas a cerrar algunas calles del South West. El taxi no avanzaba y la radio anunció que «si de verdad Castro fallecía» se activaría «el nivel 2» del Centro de Emergencias de la ciudad, que ya había activado «el nivel 1». Galán sacó la cabeza e interpeló a los vendedores de unas postalitas que, sobre un trasfondo de la bandera estadounidense, decían: NOW OR NEVER! MURIÓ FIDEL.

—Oiga, ¿y cómo les dio tiempo a imprimir las postalitas? —preguntó el abogado.

—¡Las teníamos preparás! —se desgañitó el vendedor ambulante, ocupadísimo en ganarse unos reales con la mayor rapidez posible.

—Pero dicen que el hombre no se ha muerto... —sonsacó el doctor.

—¡Mejor todavía! —exclamó el sudoroso vendedor—, ¡así se muere otra vez y las volvemos a vender!

A sólo unas calles de allí, reinaba la calma normalmente desierta y lúgubre de la noche de Miami. La oscuridad, húmeda y refrescante, era como un apósito negro sobre una quemadura.

Nueve

Sin decírselo a nadie, Leal cambió de planes. Usaría el apartamento de Galán solamente de vez en cuando. La mayor parte de las noches las pasaría en casa de su madre. Esa noche durmió allí y se despertó con un dolor de cabeza horrible. Ya Berta se había ocupado de Paulina, que estaba vestida, desayunada y delante de la televisión, que pregonaba la siguiente noticia: doña Juana Castro, la anciana hermana de Fidel que había vivido en Miami desde 1964, se enfrentaba a graves problemas «con la comunidad». En vez de exteriorizar alegría por el deterioro de la salud de su hermano, doña Juana se mostró dolida en las entrevistas e hizo votos *públicos* por su rápido restablecimiento. Inmediatamente se formó una turbonada verbal en su contra. Ella siempre había mantenido una posición coherente de antifidelista beligerante. A lo largo de las décadas, sus agrias declaraciones contra la Revolución se hicieron famosas, y su posición crítica con respecto a sus históricos hermanos era conocida. Siempre acusatoria, Juana Castro era la encarnación del anticastrismo miamense. Sin embargo ahora, cuando al fin el líder se encontraba en las últimas, la hermana tuvo la osadía de deplorar las muestras de júbilo de sus compatriotas. Terca como una mula, repitió ante las cámaras de televisión y los micrófonos de la radio que rezaría por Fidel y por la rápida curación de sus males.

Esto hirió la sensibilidad del «exilio histórico». Otto Leal fue testigo de cómo las emisoras anticastristas Radio Mambí, WQBA, Unión Radio y otras, volcaron sobre la anciana la verborrea hortera con que en Miami aplastan a quienes se atreven a disentir. A Juana Castro le dijeron blandengue, traidora, hipócrita, vendepatria, dialoguera y comunista. La zafiedad política imperante era repulsiva. Como era propietaria de una farmacia, de la que había vivido honestamente toda su vida de exiliada, «la comunidad» le hizo saber que *la boticaria castrista* debería mostrarse «agradecida» de que la gente bienpensante de Miami la hubiera «mantenido» toda su vida, comprando medicinas en su farmacia. Cosa que, desde luego, no se merecía. O sea, reflexionó el doctor mirando la TV: ya en plena edad provecta, aquella señora se enteraba de que ella y su farmacia tuvieron derecho de existir... mientras sus opiniones fueron convenientes. Durante cuarenta años le perdonaron el odioso apellido gallego. A partir de ahora, podría ocurrirle cualquier cosa.

Un periodista le preguntó: «¿Señora, usted cree que aquí en Miami van a entender su posición, que por un lado es opositora política de Fidel Castro pero por otro lo quiere como hermano?», y Juana Castro respondió: «Lo quiero como hermano. Es mi hermano, no lo puedo negar. Me preocupa. No me importa lo que piense el exilio. Éste es un exilio con muchos extremos.» Y el periodista: «¿Expresar opiniones contrarias aquí en Miami lo expone a uno?» Ella respondió: «Sí, por supuesto. Te pegan candela en la calle. Pero a mí que me peguen candela. Digo lo que siento. No le debo nada a nadie.» Habituado como estaba a lidiar con allegados de pacientes que indefectiblemente se veían condenados a muerte, Otto sabía que la reacción de doña Castro era un ejemplo escolar de cómo funcionan los seres humanos ante la llamada de la muerte de un familiar cercano. Y en su condición de médico sintió una profunda simpatía por la gallardía de aquella anciana, que estaba en contra de las concepciones ideológicas de su hermano pero no en contra de su vida.

Mientras tanto, Paulina perdió de nuevo la noción de sí misma. Pasaba largas horas ensimismada, con la cabeza caída sobre el pecho y la mirada perdida en el suelo, siempre delante de la televisión. Lo único que parecía entretenerla, y sacarla un poco de su limbo, eran las lecturas de la Biblia que le hacía Milena, y una telenovela cuyo título, *Si él volviera*, parecía aludir metafóricamente a Samuelito, a Rufy o a Fidel Castro. Otto pasaba largas horas con ella sin que pudieran hablar de nada. Hasta tal punto le dolía aquel silencio, que empezó a añorar los delirios religiosos de su madre. En varias ocasiones la llevó a los timbiriches de la Calle Ocho, a tomar chocolate y batidos. En una ocasión ella insultó a unos desconocidos e intentó echarles encima el chocolate que se tomaba, y Otto optó por hacer una pausa.

Antes de lanzarse a la aventura de los tres batidos de papaya, quería pasar por casa de Nora y Jorge. Amablemente, Nora se lo había pedido. Según ella, Jorge siempre estaba ocupado o de viaje, por lo que resultaba imposible organizar una cena como ella hubiera deseado. Milena y el doctor casi no se hablaban. Ella seguía tan correcta como siempre pero se había vuelto esquiva. Otto, sin darse cuenta, le huía. Una tarde, cuando ya Paulina dormía y la asistenta se preparaba para marcharse, el doctor se quedó mirándola como si quisiera preguntarle algo, o como si una fuerza oscura le impidiera apartar la vista de ella. Milena dijo:

—No me mire así.

—Los ojos se hicieron para mirar —replicó él.

—Sí, pero no a mí.

—La invito a comer comida cubana. ¿Acepta?

Milena asintió con un movimiento milimétrico de sus ojazos, pero puso una condición:

—Yo elijo el restaurante.

—Okey.

—Si no le molesta, primero pasaremos por mi casa. Tengo algo muy importante que decirle.

Milena vivía en un confortable apartamento en el corazón de Coconut Grove. Cuando parqueó, él, paciente y discreto, se quedó en el auto mostrando que no esperaba que lo invitaran a subir. Ella, sin palabras pero con la firmeza que la caracterizaba, le indicó que la siguiera. Cuando entraron, Leal no pudo ocultar su sorpresa. Más que la vivienda de una muchacha hacendosa, aquello parecía el estudio de un filósofo desquiciado. Otto no entendía mucho del valor de los muebles que debe haber en una casa, ni de los búcaros, los cuadros y en general de los utensilios domésticos, pues esas cosas las elegía siempre Lena. Pero allí todo era bello y caro. El problema era el desorden. Sin saber dónde posar los ojos, miró el apilamiento, la aglomeración y el apiñamiento de los montones de libros que, por no caber en los estantes, estaban en el piso, junto a las butacas y en los rincones. Contra las paredes había pilas de periódicos que amenazaban con desplomarse. Milena puso música y preguntó si le apetecía beber algo. Él se encogió de hombros y ella se metió en el baño. Arrellanado en un enorme sofá rojo, Leal se puso a hojear uno de los periódicos. Era un Le Monde Diplomatique. Milena volvió en bata de baño. El desaliño de su pelo recién lavado era maravilloso.

—Sus cabellos —dijo el doctor Leal— viven una vida separada de su vida.

—¿Eso es un piropo?

—No sé.

—Aquí tiene —dijo ella y puso delante de él, en la mesa de grueso cristal, una cerveza Anchor Steam Beer.

—Un día su pelo se va a apoderar de usted.

—Sus piropos son como de mal agüero.

—¿Entonces usted lee *Le Monde Diplomatique*?

—Yo soy la única que lo lee en Miami. En aquella pila está *La Jornada*. En aquel rincón, el *New York Times*; los periódicos colombianos están en mi cuarto. Dispense, ahora vuelvo.

La música no tenía nada de excepcional y sin embargo era como una caricia. Un bolero cualquiera, pensó Leal, interpretado por una mujer de voz tan aniñada como la de Milena. Como siempre, el bolero hablaba de un amor herido, una añoranza imposible, etcétera. *¿Qué me dirá la noche / si no sueño contigo? ¿Qué me dirán las horas de esta madrugada / si tú no estás aquí?* Muy averiado tenía que estar su espíritu para que semejante musiquita le llegara al alma. La voz de la cantante besaba los acordes de la guitarra. El doctor cerró los ojos. *¿Cómo le explico al alma / que sin tus besos / se puede vivir?* Ahora, una flauta se movía como la falda de una mujer meneada por la brisa. Las maracas eran casi incorpóreas. Cuando Milena volvió, se había puesto un juego de pantalón y blusa de una tela rosada, cuyos botones eran del mismo rojo fiero de su boca. No había impuesto orden alguno en sus cabellos, que ahora amenazaban con apoderarse del visitante y no de ella. La joven se sentó en una butaca, observándolo en silencio. Él, sin dejar de hojear el periódico, dijo:

—¿Qué quiere decirme, Milena?

—¿No le escandaliza este desorden?

—Claro que sí. Ésta no es la casa de alguien que pretende catalogar y sistematizar la información humana. ¿Por qué no lee todos esos periódicos en internet?

—Porque me gusta hojear. La lectura no es nada sin el trabajo sensual de las manos. De todos modos leo *Rebelión*, *Red Voltaire* y esas cosas. Ya sabe que soy subversiva.

Leal estaba nervioso.

—Este desorden podría ser una imagen de su mundo —dijo.

—Me siento confundida, doctor.

—Yo no soy sicólogo.

—Lo traje para saber qué quiere de mí.

—Pues ya lo ve: no quiero nada.

—¿Ni siquiera mi amistad?

—Su amistad ya la tengo, ¿no?

Ella se inclinó hacia él.

—Me voy de Miami, doctor.

—¿Por culpa mía?

—No. Con la presencia de un hombre como usted, esta ciudad vale la pena.

—¿Eso es un piropo?

—Sí.

—Pues quédese.

—En Colombia yo era amiga de un politólogo célebre. Un hombre honesto y recto. Se llamaba Jaime Gómez y era fundador de una organización llamada Poder Ciudadano. Hace unos meses leí la noticia de su desaparición. Hubo movilizaciones populares para obligar al gobierno de Uribe a que hiciera algo por él. Al fin lo encontraron asesinado. Con indudables signos de tortura.

—Vuelva en plan de asentarse. Cásese con alguien que no haga política. Ejerza su oficio de archivera.

—Asentarme... En Colombia, doctor, seis de cada diez personas son pobres y cuatro de cada diez están desempleadas. A causa de la guerra, hay tres millones de desplazados. Los detenidos políticos se cuentan por miles. El gobierno de Uribe se sostiene gracias al apoyo de Estados Unidos y a su alianza con los narcotraficantes y los paramilitares. Antes, yo había planeado irme de Miami a Nueva York. Ahora sé que no puedo quedarme en Estados Unidos. He decidido marcharme.

—¿A arreglar las cosas en Colombia? ¿Usted se cree que es Juana de Arco? Un día encontrarán su cadáver «con indudables signos de tortura».

—Yo no quiero vivir en mi país.

El teléfono sonó.

—Es para usted —dijo ella, extrañada.

—Es tu reloj —le espetó Galán al otro lado de la línea.

—¿Qué estás diciendo, Tony? ¿Cómo sabías que yo estaba aquí?

—¡Es tu reloj, coño! ¿No te acuerdas? Fue lo único que no examinamos aquella noche. No se te ocurra botarlo. Sigue como si nada. Tenemos que vernos. Pasa por mi casa. Esta misma noche si puedes. A cualquier hora.

Y colgó. A juzgar por la bulla que se oía, Otto dedujo que había llamado desde una cabina pública. Miró su reloj con asco.

—Entonces usted conoce a Tony Galán —dijo.

—No. Pero es evidente que él tiene mi número de teléfono. Bueno, él no. El servicio telefónico de BellSouth sí lo tiene, y es fácil obtenerlo. ¿Qué quería?

En vez de responderle, el doctor le dio un consejo:

—No se meta en asuntos de política. Usted lee demasiado. ¿Cuándo se va?

—Mañana. Espero que Jorge consiga otra asistenta.

—No se preocupe. Yo me ocuparé de mi madre. ¿Ya Jorge le abonó la suma que le debemos?

—¿Puede ser tan amable, doctor, de mostrarme su mano izquierda?

Él se miró la mano como si hubiera algo malo en ella, y se la dio con un gesto mecánico, como si su brazo se moviera por medio de un resorte. Ella la tomó con dulzura entre las suyas, y al doctor le entró un hormigueo en el pecho y también un poco más abajo. Ella la examinó como si fuera un objeto sin vida. Primero se demoró mucho en la palma y después recorrió la mano entera con dos dedos, hasta que lo pellizcó con un poco de saña.

—¿Le duele?

—Me gusta.

Milena se levantó bruscamente y él preguntó:

—¿Entonces qué hay en mi mano?

—Nada.

—¿Cómo que nada?

—Nada. La frialdad de un cirujano que sabe cortar por lo sano.

Bajaron, y en cuanto se sentó junto a ella en el auto el doctor se ensimismó. Pero cuando vio que viajaban por el Palmetto hacia el norte, una sospecha le pasó por la mente. Y cuando se introdujeron en Hialeah y comprobó que iban al Cuba Pork, la idea que se había hecho de Milena se le complicó aún más. El restaurante estaba casi vacío y a punto de cerrar. Zoila los recibió con una expresión de hospitalidad, y a Otto se le olvidó el asunto del reloj embrujado.

—¡Vaya! —exclamó la camarera— Dios los cría... y el Cuba Pork los junta.

Milena explicó:

—Doctor, yo he trabajado aquí de camarera. Zoila es mi amiga.

—Yo no he cenado —declaró Zoila—; si no les molesta...

—Cena con nosotros —dijo Milena.

Leal pensó que debería mostrarse desconfiado, ya que NADIE ES LO QUE APARENTA. En una mesa cercana cenaba una familia completamente «normal»: un flaco trigueño de bigotico y corbata, su esposa jovencísima y dos niñas jimaguas. No había más comensales. La mesa se colmó de yuca frita, mondongo criollo, tachinos y quimbombó con carne de puerco.

—Me he puesto gorda como una vaca —dijo Milena. Pero su figura contrastaba tanto con sus palabras que nadie le hizo caso. El doctor dijo:

—Los médicos sabemos que ciertos pacientes, cuando se miran en el espejo, ven lo que les da la gana.

—Yo no soy paciente de nadie —dijo la aludida.

Bebieron un vino tinto de California y Leal comió como un condenado. Por primera vez desde que llegó a Miami se sintió enteramente relajado. Pronto confirmó sus sospechas de que Zoila era homosexual. Su compañera era una ex psicoanalista argentina que ahora se dedicaba a vender autos.

—De los tres Leal —opinó la colombiana—, Samuelito era el más humano. Jorge trata a las personas como si fueran una inversión. El doctor, como si no fuéramos más que un organismo.

—Yo tengo mis propios proyectos de inversión industrial —alardeó Leal.

—¿Para competir con Jorge?

—Voy a dedicarme a la construcción, en gran escala, de un exprimidor de nubes.

Zoila empezó a toser, con el vino bajándole por el camino equivocado. Milena preguntó:

—¿Igual que los exprimidores de naranjas?

Él se apoderó de la mano de la muchacha.

—Alce su copa de vino, por favor. Más alto, un poco más arriba... Así. Mantenga el brazo en alto y hágase la idea de que su copa es un inmenso embudo. Su cuerpo es la maquinaria.

—Si me echa encima una sola gota de vino, volverá a Suecia en un ataúd.

Él respondió manoseándole el brazo:

—En el embudo se meten primero las nubes blancas y luego las nubes negras. Cuando éstas se hayan exprimido, se meten las arreboladas.

—¿Se pueden usar nubes de mal tiempo? —preguntó Milena.

—Claro que sí. Dan poco jugo pero son baratas.

—¿Su exprimidor sólo resiste nubes de tormentas *europeas*?

—Las tropicales dan mucho zumo —respondió Leal—. Pero sale amargo.

—¿Y no destrozan la maquinaria?

—La hacen leña.

—¿Se pueden usar nubes de ciclón? —preguntó Zoila.

—¡Por supuesto! —alardeó el doctor— son casi gratis porque nadie las quiere.

Zoila empezó a retirar los platos.

—¿Traigo postre?

—Para mí café —dijo el doctor—, y el trago del enemigo.

Zoila se alejó cargada de fuentes y platos, y Milena dijo sin bajar el brazo:

—¿Y las nubes de la noche?

—Son como las del olvido. Hay que cultivarlas para que den jugo.

—¿Hay nubes venenosas?

—Sí. Las de la cobardía. Las que siendo libres y voluptuosas, ante el menor ventarrón huyen en busca de nuevos horizontes.

Otto pasó un dedo por el brazo erguido de la muchacha.

—¿Puedo bajar el exprimidor? —preguntó ella sonriendo.

—No —dijo él con sadismo.

—Pero me duele el brazo.

—Si me dejas que te tutee, sí.

—Pues no.

—Adivina quiénes son los cultivadores de nubes —dijo él, tuteándola.

—Los querubines del cielo —dijo ella y bajó el brazo.

—¿Cómo lo sabías? —respondió él, asombradísimo.

—Eso lo sabe todo el mundo, doctor. Querubines blancos para las nubes negras, y negros para las nubes blancas.

—Y para las nubes violetas, querubines mulatos —completó él muerto de la risa.

—¿Para qué sirve el zumo de sus nubes, doctor Leal?

—Para que adelgacen las colombianas gordas como vacas.

Las mejillas de Milena se habían bañado en un rubor escandaloso. Como él sabía que empalidecer es signo de defensa, y que ruborizarse es signo de derrota, se atrevió a hacerle el más kitsch de los piropos.

—Me gustan tus ojos, pesada.

—Pues son de contrabando —coqueteó ella.

—¿Por qué no me dices algo que te defina, antes de que vuelva Zoila?

—Soy culta, soltera y le tengo miedo a las ranas.

Milena se levantó y su servilleta, que aún descansaba en sus muslos, cayó sobre los zapatos del doctor. Él la recogió y la contempló. Los labios de la joven habían dejado en ella huellas de vino y pintalabios. Eran unos labios deliciosos, entreabiertos, como besos estampados en la humilde servilleta. Ningún pintor habría logrado la delicadeza de aquellas imágenes, pensó, y ante los ojos incrédulos de la muchacha, que se disponía a ir al baño, el doctor Leal, ciudadano estadounidense domiciliado en Uppsala, empezó a besar uno por uno, primero con pasión y ahora con arrebato, aquellos labios que olían a grasa de cerdo y un perfume seductor.

Ella se dejó caer en la silla, martirizada por una emoción imparable, y le arrebató la servilleta en la que ya no quedaba una huella de labios que él no hubiera besado.

—Le voy a decir una cosa, señor Leal: ¡yo no quiero vainas con usted!

Y volvió a levantarse, con las mejillas ardiendo. Pero él la agarró por una mano y la obligó a que se sentara. Entonces ella le agarró la cara con las dos manos y lo besó en la boca, con un sabor caliente, salado y dulce. Ese beso interminable le devolvió, en un solo instante, la humanidad que en tan poco tiempo le habían robado. Desde el bar, Zoila lo vio todo. En ese momento se marchó la familia de las niñas gemelas. Milena dijo:

—Adiós, Otto. Zoila te va a entregar un regalo mío.

Sin que él hiciera nada para evitarlo, Milena salió del Cuba Pork como una racha de viento. El restaurante quedó tan vacío como el doctor. Desde la cocina llegaba el ruido de la limpieza. Voces, un tintín de vasos y de platos y un ajetreo de cacharros de metal que se apilaban o se caían. Alguien baldeaba el piso tarareando una canción, al ritmo de cubiertos recién fregados que volvían a sus gavetas y de tapas de cacerolas que, al chocar, sonaban como platillos de banda provinciana. Zoila volvió con el ron, y una fuente con buñuelos de guayaba y cubitos de queso que Leal no probó. Luego trajo dos tazas de ese estupefaciente azucarado, en estado sólido, que los cubanos llaman café.

—Estoy enamorado de esa mujer.

Zoila hizo un gesto de pesimismo.

—¿Por qué no vuelves a Suecia cuanto antes?

—Porque todo el mundo quiere que vuelva.

—Vete antes de que sea tarde —dijo y le trajo el pequeño paquete, pero le pidió que no lo abriese allí.

—Dice Milena que, desde que te conoció, ha vuelto a recordar con cuánta intensidad se puede desear a un hombre.

—¡Te dijo eso!

—Pero tu exprimidor de nubes lo único que va a producir son lágrimas.

—No te burles, pero tengo la impresión de haber perdido a la mujer de mi vida.

—Así son todos los hombres: primero te exprimen las nubes primaverales. Después te bajan el lucero de la tarde. Luego te regalan la luna de Valencia y al fin te rompen el corazón, que tiran a la basura. Aunque la anatomía diga otra cosa, la única parte del cuerpo de una mujer que un hombre puede partir es el corazón.

Presa de una emoción que no había sentido desde hacía muchos años, en cuanto entró al taxi abrió el paquete con cuidado para que no se viera el contenido. No eran libros, como él creía. Era un estuche de material sintético, una especie de caja con un asa. La abrió. Dentro había un revólver, unas llaves, una nota, unos utensilios de limpieza para el arma y una cajita de balas calibre 38. La nota decía así:

Otto: ¿No querías un revólver? Aquí lo tienes. Sin saberlo, yo buscaba a un hombre como tú. Eres garboso y modesto. Eres un hombre de principios. A diferencia del resto de tus compatriotas, no sabes darte importancia. Eso me gusta mucho. Tu inteligencia no compagina con tu profesión. Siempre creí que los médicos son como los boxeadores o los programadores cibernéticos: diestros pero insensibles, y en el fondo brutos. Como ves, tengo prejuicios.

Para el revólver tengo licencia. Si matas a alguien, me llevarán presa a mí. Cuando lo compré, me dijeron que a este revólver lo diseñaron y lo comercializaron después de hacer una encuesta a miles de mujeres solas y muertas de miedo. Yo estoy sola pero no muerta de miedo. Lo mío es otra cosa. No sé cuál es mi lugar en el mundo.

Cuando fui a la primera clase de tiro, disparé cinco veces, di tres en el blanco y no volví más. Me di cuenta de que no estoy hecha para matar a nadie. ¿Tú quieres matar a alguien, Otto? Éste es un revólver destinado al público femenino. Es de buena marca, Smith & Wesson, y tiene poco peso, cañón corto, empuñadura reducida y bajo retroceso. Por eso le dicen Lady Smith. ¿No te da vergüenza? Pese a la inseguridad con que se vive en Miami, nunca lo llevé a ninguna parte. Qué raro: mostrarle mi amor a un hombre por medio de un arma de fuego. Un acto sórdido y de cierto modo «colombiano». Con un arma en la mano, la vida es mucho más miserable que con un bisturí. Te lo digo yo, que nací en la Colombia de los sicarios, los secuestros, las fosas comunes, los niños viviendo en la calle y los eternos tiroteos. Te lo regalo para demostrarte que no lo necesitas. Bótalo al mar.

Yo hubiera deseado ser tuya. Me gusta escribir esa frase. Tuya. No sé por qué me obsesioné con la idea de que eres el tipo de hombre que de verdad puede ser mi marido. Hubiera querido aprender cosas a tu lado. Adorarte y que me adoraras. Tus manos no son sólo de cirujano. Sé que son buenas para abrir y hurgar en el cuerpo de una mujer. Si fueras mi marido, te obligaría a que me acariciaras mucho con ellas.

Zoila me dice «la romántica», y tiene razón. En tan sólo unos días me puse a soñar que iba contigo al fin del mundo. Al hielo de Uppsala. A esas guerras donde tú plantas una casa de campaña para operar niños descuartizados. Sin meditar siquiera en qué idioma hablaríamos, me veía compenetrada con tus hijos suecos. Nada de eso es posible.

Tú me has hecho un solo daño: me revelaste la miseria de la vida que he llevado durante 37 años. Para mí Miami ha sido lo mismo que el purgatorio para los católicos: un lugar de expiación purificadora. Me voy fortalecida. Me llevo una sensibilidad más delicada, un nuevo criterio para juzgar a la gente y un amor acrecido hacia la vida. Sé que no soy capaz de cambiar el mundo, ni de transformar la mentalidad de ningún hombre. Pero tú me has enseñado que es posible encontrar algo superior a lo que hasta ahora he conocido.

Cuídate mucho. Perdóname por abandonar a tu mamá. En la caja del revólver te dejo las llaves y los papeles de un ford viejuco y verde que usé durante un tiempo, cuando pretendí ser proletaria por gusto. Haz lo que quieras con él. Está en el parking del Cuba Pork. El ford rojo y caro se lo dejé a la mujer de Zoila, para que lo venda y me guarde el dinero.

Estoy segura de que te amo. Qué desastre que te apellides Leal.

TQM, Milena.

PS.: No cierres nunca los ojos al enamorarte, ni al disparar. Ah, «TQM» significa te quiero mucho.

Diez

La carta lo llenó de desesperación. Entonces los médicos somos como los boxeadores, pensó, Miami es un purgatorio, mis manos buenas para hurgar en el cuerpo de una mujer y ella incapaz de «transformar la vida de un hombre». Milena no sólo era «romántica»; también era inmadura y novelera. Releyó la carta varias veces. Nadie ama a nadie tras unos días de roce. ¿Por qué no se quedó para examinar de cerca los sentimientos que los unían? ¡Gallina!, pensó. Al menos ahora tenía un revólver y un carro que usaría a discreción. Detrás del «amigo» que quería verlo podrían ocultarse los verdaderos dueños de los trece kilos de cocaína. ¿Acaso querrían secuestrarlo? No le parecía lógico. Eso podrían hacerlo por sorpresa, con nocturnidad y sin grandes dificultades, por ejemplo, al entrar o salir del apartamento. Otro misterio lo intrigaba: si lo que querían era plata, ¿por qué no secuestraban a Jorge, que era el rico de la familia? ¿Qué querían de él? ¿Tendría algo que ver el supuesto «amigo» con las historias de espionaje que le había contado Tony? Un hombre tan ducho como Galán, ¿podría equivocarse al analizar su caso?

Esa misma noche fue a ver al abogado. Se presentó tardísimo y sin avisarle por teléfono. Galán lo recibió en pijama. Casi sin intercambiar palabra, realizaron el control y el resultado fue alarmante. El detector gorjeaba cada vez que Galán lo acercaba a su reloj pulsera. Repitieron el examen varias veces y siempre era lo mismo: algo maligno se ocultaba en su muñeca. Galán le indicó, sin hablar, que se quitara el reloj. Lo dejaron en una mesa y pasaron a una habitación contigua, que hacía de despacho y biblioteca. Durante mucho tiempo, Tony había aparentado ser un eterno playboy de cuarenta años. Divorciado un par de veces, hacía tanto tiempo de su última separación que Otto lo consideraba un soltero ligón. Ahora, al verlo soñoliento y cansado, se dio cuenta de que su edad y él se habían hecho uno.

Por primera vez, Otto se fijó en los cuadros de las paredes. Había un retrato de la fotógrafa Lee Miller tomado por un desconocido en Normandía en 1944. Ojerosa pero sonriente, era la estampa viva del arrojo dentro de su traje de corresponsal de guerra de los Estados Unidos. Dos ampliaciones de fotos de la propia Miller dominaban el despacho. En la primera, tomada en Nueva York en 1946, se veía a un Wifredo Lam tan estilizado y mítico como el lienzo suyo junto al que posaba. La segunda foto, tomada por Miller en Leipzig en abril de 1945, era impactante y lúgubre. Representaba el cadáver de una joven alemana, hija de una importante familia nazi, recién suicidada al derrumbarse el poderío de Hitler. La muchacha suicida, de un aspecto pulcro y níveo, descansaba en una poltrona de cuero como una santa exhausta y daba la pavorosa impresión de dormir plácidamente. Absorto por un instante, y en una figuración macabra, el doctor percibió *el olor* del cadáver. En otra foto, tomada por David Scherman en 1944 en el cerco de St Malo, en Francia, se veía de nuevo a la Miller, otrora sensual modelo, musa y *femme fatale* de los surrealistas de Montparnasse, ahora sucia y sin peinarse, rodeada de soldados en zafarrancho de combate. Con su uniforme militar, parecía un combatiente más mientras cubría, para la revista *Vogue*, el avance de las tropas aliadas. No cabía duda de que Galán admiraba a Elisabeth Miller.

Al observar el interés con que Otto miraba las fotos, Tony dijo:

—Siempre estuve enamorado de esa mujer. Desgraciadamente, nunca pude conocerla.

Galán quedó pensativo, con la mirada fija en una de las fotos.

—¿En qué piensas, Tony? —dijo el doctor.

—Observa bien a esa mujer. Tiene ojeras. Su uniforme está sucio. Ha dormido dondequiera. Está rodeada de soldados. En la mirada de uno de ellos, al fondo, hay miedo. El miedo del soldado es especial, yo lo he tenido y sé que no se parece a nada. Esa hembra está cerca del peligro. Tomando fotos, tomando whisky. Se mueve en un mundo que está en guerra. La gente está muriendo en ese mismo instante. Ciudades enteras están siendo devastadas. Desde lo profundo del Este, los rusos avanzan triunfantes y para los alemanes ya llegó el momento crucial del que nos habla Tolstoi.

—¿Qué dice Tolstoi, Tony?

—¿Tú no has leído *Guerra y paz*?

—No.

—Para el que ha participado en una guerra, leer a Tolstoi es casi una terapia. En *Guerra y paz* hay un pasaje en que a un noble ruso, Rostov, en medio de una ofensiva desesperada para salir de un cerco, le matan el caballo y lo hieren en una mano, y ve cómo un grupo de franceses avanza hacia él, por entre la vorágine de los caídos, los disparos, las explosiones y la pólvora del aire, para aniquilarlo. La proximidad del enemigo le parece horrorosa. Y mientras huye, le parece imposible que lo quieran matar a él, *justo a él a quien todos quieren tanto...* Y Rostov recuerda el amor que le profesa su madre, su familia, sus amigos, y la intención de sus enemigos —dice Tolstoi—, le parece mentira.

Galán hizo una pausa. Ahora parecía más viejo todavía.

—A mí, en Girón, también me parecía imposible que *de verdad* fueran a matarme, pese a que yo fui a matarlos a ellos. Igual que el Rostov de Tolstoi, yo también me preguntaba: ¿Dónde coño está la línea que separa claramente a ambos ejércitos? Esa línea no existía. Perdido entre los mangles y con el fango que a veces me llegaba a la cintura, yo no veía esa línea porque era una línea ideológica. A los invasores ya nos había llegado el momento del que habla Tolstoi, y que a los alemanes les había llegado cuando tomaron esa foto serena, pero dramática, de Lee Miller: *el momento de vacilación moral que decide la suerte de las batallas*. Tolstoi dice que cuando ese momento de vacilación moral se pone de parte del miedo, la suerte de la batalla ya está echada. Yo he vivido ese momento inexpresable. Ojalá que tú no tengas que vivirlo nunca.

—Yo no estoy en guerra con nadie.

—Tú no. Pero *ellos* sí.

Otto pensó que Galán, con la edad, podría mostrar signos reminiscentes del traumatismo psíquico que es común en las personas que se han visto involucradas en situaciones bélicas. En Suecia, él había conocido casos de veteranos fineses de la Guerra de Invierno contra los rusos, que después de viejos desvariaban, caían en la depresión y el alcoholismo o hablaban compulsivamente sobre la guerra, haciéndose insufribles para los que lo rodeaban. Las conexiones que Galán establecía entre la obra maestra de Tolstoi, la debacle de Bahía de Cochinos, la presencia de Lee Miller en la Segunda Guerra Mundial y la «persecución» que él estaba padeciendo, eran tan rebuscadas que le costaba trabajo tomarlas en serio. Pero sigue habiendo un problema, se objetó a sí mismo, y es que mi reloj está intervenido.

—Estás frito —dijo Tony moviendo la cabeza, como si le doliera.

—¿Cómo funciona lo que han puesto dentro de mi reloj?

—Ni puta idea. Ni siquiera es seguro que sea *tu* reloj.

—¿Y si me deshago de él?

—Si de verdad están para ti, te perseguirían a todas horas. Para ellos eso es tan fácil como pelar una mandarina.

La expresión «tan fácil como pelar una mandarina» lo dejó consternado. Él, dueño de una precisión mágica para las incisiones y las suturas, jamás había logrado pelar una mandarina sin destrozarla.

—Lo más sensato es confundirlos: llévalo puesto normalmente, pero olvídalo «de casualidad» de vez en cuando. En el baño, en casa de tu mamá, en el bolsillo de algún pantalón que no vayas a usar. Yo te voy a prestar este detector...

—¡No, gracias! No lo quiero.

Esa noche, Otto dio muchas vueltas sin poder dormirse. A las cuatro de la mañana llamó a Uppsala. Allá eran las diez y, como era domingo, pudo hablar con sus hijos. No se dijeron nada importante, pero fue una conversación larga y amena que lo hizo sentirse mejor.

—Papi —dijo la pequeña Amanda—, mi hermana Alma nos ha leído la historia de Alicia cuando persigue a un conejo, y se cae dentro de una madriguera.

El diminuto Hugo tuvo que haberle quitado el teléfono, porque gritó:

—Alicia se cae y se cae... por el hueco, ¡y de pronto todo es diferente!

—¿Qué es lo que cambia, Hugo? —preguntó el doctor.

—¡Todo porque todo es otra cosa! —respondió el chiquillo—. Y hay una reina que quiere cortarle la cabeza a todo el mundo.

—Alicia cambia tanto —gritó Alma—, que ya no sabe si es la misma niña. Se estira y se encoge y va a un jardín donde los jardineros pintan de rojo las rosas, porque son blancas. ¡Y Alicia se niega a besarle la mano al Rey!

—¡Entonces hay un juicio, papi! —retomó Hugo la gritería telefónica.

—¡Un juicio! —exclamó el doctor—. ¿Contra Alicia?

—Sí. La Reina quiere cortarle la cabeza.

—¿Y?

—¡Alicia gana, gana, gana!

Alma, la mayor, llevaba la cuenta exacta de los días que faltaban para que él volviese, y dijo:

—Cuando regreses, no dejaré que te vayas más.

Después Leal se durmió, y se levantó con la sensación de haber soñado con una hoguera enorme. Llamas azules y rojas crepitando y silbando en la noche nevada del invierno sueco. En cueros y convulsionado de frío, él daba vueltas, descalzo y crispado y temblando, con ganas de meterse en las llamas. Desayunó y fue a ver a su madre. Tenía la esperanza de ver a Milena cuando fuera a despedirse. Pero Berta le desinfló la ilusión. Milena pasó muy temprano, desayunó con Paulina y le dijo adiós.

—El padre de Milena está muy grave en una clínica de Bogotá, y tiene que ir a verlo —informó Berta, por lo visto engañada—. Pero Paulina no ha entendido que se va a ausentar.

Hablaron de la necesidad de contratar a una nueva asistenta. Berta dijo que ella tenía una sobrina con experiencia, que había trabajado en instituciones geriátricas y que podía encargarse de la anciana «desde mañana mismo, siempre y cuando Jorge esté de acuerdo...».

—Desde hoy mismo —la interrumpió él—; yo le doy *mi* autorización para que su sobrina empiece a trabajar sin demora. Hoy mismo hablaré con Jorge.

Antes de irse, Berta llamó a su sobrina y dijo que no había ningún problema; la chica vendría después de almuerzo. El doctor pasó toda la mañana junto a su madre. Como a las diez le sirvió chocolate con marshmellows. Todos sus desajustes, pensó el doctor, la pérdida de la memoria, la conducta emotiva inexplicable, la degradación de la habilidad cognitiva y la repetición compulsiva de cosas aprendidas en otra época, eran síntomas degenerantes e irreversibles de una primera fase de demencia cortical. La vida de su mamá se había convertido en un transcurrir hacia la nada. Estaba irritado y no sabía por qué. Tenía tantas razones para estarlo, que no podía señalar nada en especial. Paulina preguntó de pronto:

—Samuelito, ¿desde cuándo no te confiesas?

—¿Cómo estás, mamá? Soy Otto.

Su madre lo abrazó y lo besó. Fue un beso lento en la frente, un beso mojado y sin calor, que le dejó la piel pegajosa de chocolate y de marshmellows. Y él, tan familiarizado con las secreciones humanas, sintió un poco de asco. No mucho, pero sí lo suficiente como para limpiarse y sentirse miserable.

Leal intentó sonsacarla para que le hablara de su niñez en el campo de Cuba. Pero nada. Entonces le habló largamente de la vida en Suecia, especialmente de los otoños grises, con días radiantes en los que el amarillo triste de los castaños daban ganas de comerse las hojas muertas. Al cabo de un rato Paulina alzó la mirada y, en vez de lanzar uno de sus sermones, dijo:

—Otto, tengo ganas de ver mis películas favoritas.

—¿Qué películas, mamá?

—*La Mujer Divina*, *La Dama Misteriosa* y *La Mujer Ligera*, con Greta Garbo como protagonista.

En los días siguientes pudieron conversar, y su madre le habló de Aguada de pasajeros. Otto no guardaba más que un recuerdo muy nebuloso de su pueblo natal. Pero cuando ella empezó a evocar ciertos detalles, se le aclaró la memoria. Paulina habló de un patio con matas de plátano y gallinas; cuando tenían pollitos, había que protegerlos de las auras tiñosas que descendían en picada, los capturaban y se perdían con ellos por los aires. Un primo suyo murió a los dos años, de disentería. Por los síntomas que enumeró, él dedujo que tuvo que ser de una gastroenteritis aguda. La anciana se animó y empezó a hablar de cómo los guajiros de aquella época, sin policlínicos ni hospitales rurales, trataban de curar las enfermedades. Si alguien tenía dolor de muelas, metían una rana en una olla y la sancochaban. Luego «hacían buchadas» con «el caldo» y el dolor desaparecía. La migraña se aliviaba tomando un puñado de sal en la mano izquierda en el centro de una habitación oscura. El afectado rezaba nueve Padrenuestros, bebía una infusión «espesa» de manzanilla, tiraba con fuerza el puñado de sal contra el suelo y repetía nueve veces esta letanía:

Migraña maldita, zambulle
en lo más hondo del mar,
donde a criatura ninguna
¡le puedas hacer mal!

Luego enumeró los remedios criollos contra los sabañones, la escarlatina, la ictericia y la erisipela. Para curar el estreñimiento, había que ponerse supositorios de tabaco. Contra los piojos, había que lavarse la cabeza con una infusión de hojas de orozuz bien machacadas. Si no se encontraba orozuz, escobamarga; y si no había escobamarga, se usaba yerba mora. Con esa agua se empapaba el pelo del piojoso, y se cubría con un turbante que tenía que ser rojo.

Como era domingo y el tiempo volaba sin que Jorge hiciera nada por verlo, fue a casa de su hermano. Se presentó sin avisar, con la esperanza de sorprenderlo en su propio territorio. Pero antes de irse dejó el reloj «olvidado» en el lavabo. Era un reloj suizo, discreto pero exclusivo y carísimo: un Vacheron Constantin Regulateur «Malte Dual Time Watch», de oro macizo, cronógrafo, impermeable a 150 metros, corona protegida y correa de piel con hebilla de oro. Se lo había regalado un contrabandista en Bosnia durante la guerra, un hombretón de cara triangular y hombros montañosos a cuya hija el doctor había salvado la vida. El tipo, que era uno de esos tránsfugas que proliferan en las guerras, traficaba con armas y explosivos y lloró sin consuelo todo el tiempo que el doctor tuvo a la niña en la mesa de operaciones. Cuando pasó el peligro, se apareció en el hospital de campaña con una caja de zapatos repleta de relojes Rólex, Cartier, Breitling, Bvlgari y muchos otros, y le dijo que cogiera todos los que se le antojara. El doctor se negó a aceptar el regalo, pero un colega lo instó a que aceptara (en sueco para que el hombre no entendiera) para no ofender al delincuente agradecido. Leal cogió uno solo, el Vacheron Constantin Regulateur, creyendo que era falso. Pero no era una réplica. En Estados Unidos aquel reloj podría costar 13.000 dólares. Su esperanza, no del todo noble, era que la nueva asistenta sucumbiera a la tentación de robárselo.

Jorge no estaba en casa, una residencia esplendorosa junto al mar, con arcadas y salones de ensueño, y el doctor comprendió que había llegado en un momento inoportuno. Nora lo recibió con una expresión de cariño y unas palabras cálidas, pero en el desasosiego de sus ojos negros se leía un texto desagradable. Dulce estaba de visita y conversaba en el comedor con Robert, su medio hermano. La chica siempre había vivido con su madre, una oriental que, en su momento, dejó a Jorge por un americano vendedor de pólizas de seguro. Dulce tenía el porte distinguido que mucha gente cree obligado en los músicos sinfónicos. Pero la suya era una distinción natural, sin gravedad ni afectación y con un toque indefinible de gracia revoltosa. Cellista precoz, ya tocaba en la Orquesta Sinfónica de Miami. Cuánto ha cambiado esta niña, pensó el doctor. De pronto era una mujer alta y de una elegancia sobria que no tenía nada que ver con la vulgaridad botarate de su padre. La muchacha, que se tomaba un batido de mamey en espera de Jorge, se puso contentísima de ver a su «tío sueco».

—Dice mi hermano que soy «tu ídolo» —dijo sonriendo el doctor.

—¡Bah! —respondió ella—; papá describe las cosas como si trabajara para Hollywood: superhéroes o supermalos de la película.

Robert (a quien le decían Bobby) también se alegró de la visita. Nadie mencionó a Samuelito; tampoco se habló del entierro al que Otto no pudo asistir. En aquella familia, Samuelito había pasado inadvertidamente a la Historia. La sirvienta nicaragüense estaba haciendo más batido y Nora lo invitó:

—En Suecia la gente no debe de tomar esto —dijo con una sonrisa tan frágil que parecía que se le iba a caer, hecha polvo, en el vaso de batido.

—Gracias, Nora. ¿Y Tiffany?

—Está con Maruja en un cumpleaños. Jorge está al llegar.

Maruja era la criada salvadoreña que había criado a Robert y a Tiffany. Bobby también había cambiado mucho. Su aspecto era el de un adolescente saludable por lo musculoso; era avispado y discutidor, pero al mismo tiempo se le notaba medio ausente, como un niño que, en trance de crecer, tiene demasiadas imágenes en la cabeza. Sus ojos eran engañosos pero también agradables, y atractivos como los de su madre. Era un chico altanero que se creía todo un personaje. Tenía el pelo lacio como el de Norma y se lo peinaba hacia atrás, con agua o brillantina y una disciplinada raya al medio, que parecía trazada con teodolito. Bobby tenía cierto aire de actor de cine. En un tono un poco machacón, el chico intentaba explicar a su media hermana por qué los países pobres nunca saldrán de su pobreza. Pero era evidente que Dulce no sentía el más mínimo interés por la enfática perorata del joven, que por momentos se hacía agresiva.

—Lo que todo el mundo quiere tener es: salud, dinero y amor —sermoneaba el muchachito.

—Sí, Robert, eso ya lo dijiste.

—¡Pero es que la única forma de lograr *eso* es siendo rico y próspero!

—Entonces ya tú lo alcanzaste todo. Papi es Dios y tú vives en el paraíso.

—¡Pero Dulce, es que tú no me escuchas! Si estoy equivocado, ¿por qué no me lo demuestras?

Dulce se limitó a suspirar mientras Bobby iba a la carga:

—Si la diferencia entre los países pobres y los ricos reside en los recursos naturales de cada nación, ¿por qué Bolivia tiene tantas minas y es un país miserable? ¿Por qué los mexicanos viven tan mal, si tienen muchísimo petróleo? Hasta un muro hemos tenido que construir en la frontera, para que no nos invadan. En África hay países donde la tierra está repleta de diamantes. ¿Y cómo viven? De rama en rama, como los monos. En cambio, Japón tiene un territorio pequeño que no sirve para nada, allí no hay agricultura ni se crían las vacas, ¡y sin embargo es una gran potencia económica! Y Suiza, que no tiene acceso al mar, posee una de las flotas navieras más grandes del mundo. Dinamarca es un país ridículo que mide unos pocos miles de kilómetros cuadrados, pero sus productos lácteos son de enorme calidad y los daneses han participado en nuestra guerra contra Iraq. Finlandia es un país congelado y casi despoblado, pero los teléfonos Nokia son de una técnica estelar. Entonces, Dulce, lo que marca la diferencia entre los pobres y los ricos es la actitud ante la vida.

—Tío —dijo Dulce, aburrida—, ¿cómo están los niños?

Frustrado de no poder provocarla, antes de que el doctor contestara Robert se apresuró a añadir:

—La gente es pobre porque no entienden lo que son las jerarquías, ni el orden, ni la limpieza, ni el amor al trabajo ni la puntualidad. En los países pobres no existe el deseo de superación ni el respeto a los reglamentos.

—Sí, Bobby. Eso también lo habías dicho —suplicó la joven.

—¡A los pobres les falta carácter para entender eso! ¿Sí o no?

—Los niños están bien, Dulce —intercaló el doctor, asombrado de que Jorge hablase por boca de Bobby, y no sintió vergüenza al contar la verdad—; Lena y yo nos estamos divorciando... la separación los tiene un poco tristes.

Entonces se dirigió a Robert.

—Y tú, ¿qué vas a estudiar?

—Yo voy a ser médico como tú.

—Mi tío es médico para ayudar a la gente —dijo Dulce con intención malévola—; tú quieres serlo para ganar dinero. Hace poco ocurrió lo siguiente en una clínica de Miami: llega un paciente que tiene unos dolores horribles en el vientre, y el cirujano le dice que hay que operarlo. El hombre pregunta por el precio. Cuando el médico se lo dice, el paciente le responde, lleno de esperanza: «Ya que la operación es tan cara, doctor, ¿no podría hacerle una rebaja a un colega suyo?» El médico se sorprende: «¡Ah! ¿Usted también es cirujano?» «No, qué va —responde el señor retorciéndose de dolor— yo también soy un ladrón».

El doctor Leal guardó el chiste en la memoria para contarlo en Uppsala. Repipi y sin malhumorarse, el muchacho sentenció:

—Robar es un delito; cobrar por una operación, un derecho.

—Dulce, no eches más leña al fuego, por favor —intercedió Nora.

La sirvienta nica parecía sordomuda, y se movía con la vista baja como quien muestra todo el tiempo su sumisión, o teme un castigo si ve o dice algo inadecuado.

—Él trabaja allá y yo voy a trabajar aquí —explicó Bobby—. Suecia, aunque está mejorando, es una dictadura socialista donde el Estado es un ladrón.

De nuevo era el padre quien hablaba por boca del hijo.

—¿Qué hora es, tío? —preguntó Dulce con hastío—. ¡Papi no acaba de llegar!

—No he traído el reloj —dijo y mostró la muñeca desnuda.

—Dice mi papá que tú tienes un reloj carísimo, tío. ¿Qué pasa, lo empeñaste?

El sarcasmo del muchacho era también un eco del tono que Jorge usaba para hablar de «su hermano sueco»: un gran cirujano que no tiene donde caerse muerto. Pero la bromita del sobrino, lejos de humillarlo, le encendió una luz en la cabeza: si la nueva cuidadora de Paulina no se robaba el reloj, lo empeñaría para salir de él unos días.

—¿Nora, a qué hora vuelve mi papá? —indagó Dulce, ahora muy inquieta.

—Hace una hora que debió haber llegado —se excusó Norma con una sombra de ira en el semblante, y explicó, dirigiéndose a Otto:

—Dulce necesita ver a Jorge. Él prometió que estaría aquí toda la tarde, y mira: por más que lo llamo, no responde. ¡Y es domingo!

Al decir esto, hizo un gesto y la sirvienta desapareció. A Nora se le notaba insegura y disgustada, las manos casi le temblaban y pese al frío del aire acondicionado unas gotitas de sudor le nacían justo en el nacimiento del pelo. Ella le hizo una seña, demasiado rápida y confusa como para que él comprendiera su intención, y salió al patio. El doctor hizo un ademán de seguirla, pero se contuvo; la observó a través de la pared de cristal y vio que se sentaba junto a la piscina. Entonces Otto se dirigió a Bobby, en un tono que quiso ser conciliador:

—Por ahora, y a pesar de todas sus faltas, en Suecia tenemos un sistema de salud que se ocupa de todos los ciudadanos, sin tomar en cuenta la cantidad de dinero que puedan pagar. Trabajar en un sistema en el que yo tenga que considerar si puedo atender a un enfermo dependiendo de si tiene un seguro, o si me puede pagar en efectivo o como sea, me resultaría chocante. Un sistema así va en contra de la dignidad humana y no me interesa.

—Pues yo seré un buen cirujano y ganaré mucho dinero.

—No lo dudo, Bobby. Pero cuídate de convertirte en un médico con alma de prestamista.

Otto se disculpó y salió al calor de fuera, que era soporífero pese a la proximidad del mar. A esa hora, ni siquiera el agua de la piscina parecía fresca. Nora estaba sentada bajo un parasol. La calma era total y la humedad se fermentaba en el aire estancado. Unos pájaros formaron un revuelo en la parte del jardín donde la vegetación crecía abundante, casi agreste, con flores y enredaderas detrás de una apretada fila de palmas enanas. Otto pensó: «No son pájaros; allí hay alguien escondido». Y se sintió ridículo al pensarlo. Nora fumaba mirando a ningún sitio, y él se extrañó.

—¿Tú fumas, Nora?

—¡No! —dijo con rabia y exhaló una larga bocanada hacia el cielo caliente, cuyo azul parecía un cristal a punto de rajarse bajo la acción del fuego.

—Dulce y Boby se pasan la vida hostigándose —dijo ella sin mirarlo, y era obvio que no sabía fumar—; Otto... No te ofendas

—agregó—, pero tengo que decirte algo desagradable. Verte me da mucha alegría. Tú sabes que te tengo cariño. Hace millones de años que no tenemos la oportunidad de sentarnos a conversar con calma, y me encantaría hacerte mil preguntas sobre los niños, Lena, el divorcio... Pero...

Hizo una pausa y él sintió cómo el sol le quemaba los muslos, haciendo insufribles los pantalones. Ella concluyó:

—Vete de aquí antes de que Jorge vuelva.

El doctor se paró, dispuesto a desaparecer.

—¡Escúchame primero, Otto! —lo atajó ella—. ¡*Necesito* que me escuches!

Otto captó la carga de ansiedad que había en aquella mujer bellísima, por la que no parecían pasar los años. El cigarrillo le temblaba en los dedos.

—Dulce está esperando a su papá para pedirle que le acabe de comprar un piano. Se lo ha pedido mil veces y él ni se lo niega ni se lo compra. Ella quiere un piano de cola Steinway Grand. Usado, un piano de esos cuesta 17.000 dólares. Jorge quiere regalarle un Yamaha nuevo, que cuesta 8.000. Ella no quiere un Yamaha. Dice que por muy buenos que sean, «un piano no es una camioneta».

Otto se echó a reír, y la risa le salió forzada. Ella dijo:

—Dulce es admirable, con una preparación musical enorme. Pero tiene un carácter muy fuerte, es rebelde y además... creo que va por mal camino. Tiene malas compañías. Jorge se encoleriza cada vez que la ve.

—¿Y qué malas compañías son esas? ¿Asuntos de... drogas?

—No, no... Es que tiene un novio, un cubano sinfónico como ella... *y es negro*.

Nora volvió a echarle humo al cristal del cielo, que no acababa de rajarse.

—Un negro de Guanabacoa —enfatizó—. Bonachón, con la nariz aplastada y un tatuaje en el cuello.

Otto había empezado a sudar a cántaros. Nora continuó:

—Parece que el negrito le ha llenado la cabeza de ideas raras. Dulce quiere ir a Cuba con él, ¿entiendes? Tú sabes, ellos tienen conservatorios, escuelas de arte... en Cuba hay muchos músicos, buenos maestros, no sé. ¡Yo de Cuba no sé nada! Lo único que yo sé es lo que dice Pérez Roura en Radio Mambí. Pero ella quiere pasarse un tiempo en La Habana y ya se lo dijo a su papá. Si de verdad lo hace, Jorge no va a querer verla más nunca en la vida.

—Comprendo —dijo el doctor, preocupado.

—No. ¡Tú no comprendes!

—Pues explícame.

—Es que... —Nora botó el cigarro nada menos que en la piscina, con un gesto furioso—... es que creo que... voy a tener que divorciarme de tu hermano.

Ésa era la verdadera causa de su angustia, pensó el doctor, y no la historia del piano, ni la del amor de Dulce con el pianista de Guanabacoa.

—¡Ya no aguanto más! —gritó mirando al mar.

Otto se tapó la cara con las manos. Fue un movimiento espontáneo e infantil, que Nora no se esperaba de su cuñado. Un ambiguo sentimiento de solidaridad compartida con Nora y Jorge lo obligó a reflexionar. Más allá de todas sus querellas y diferencias, Otto pensó en ellos con la mezcla de ternura y combatividad que se siente por unos seres queridos que necesitan protección. No le importó que Jorge no conociera ese tipo de sentimientos. Él siempre había sido el más propenso a ceder, no podía evitarlo: Otto Leal quería a Jorge Leal como Juana Castro quería a Fidel Castro. Por eso meditó en los siguientes términos: «Mi hermano nunca fue mujeriego, ni siquiera en su primera juventud. Si Nora se siente alejada de él hasta el extremo de querer separarse, será por las mismas razones de Lena: los viajes, la eterna ausencia, el estrés, la falta de contacto, las falsas promesas. Por ejemplo ahora: *prometió que estaría aquí toda la tarde, y por más que lo llamo no responde.* ¡*Y es domingo*!» La falta de cuidados en el amor, pensó, han acabado por decepcionar a esta mujer excepcional pese a que está diseñada, por su crianza y su clase, a ser una esposa de lujo sin importarle los renunciamientos que esa vida implica. Y pensó más: Jorge no soportaría ese golpe. Ver a Nora diciéndole: «He decidido dejarte»... le resultaría insoportable. Pensando en su propia situación, se atrevió a preguntar:

—¿Estás enamorada de otro, Nora?

—¡Ojalá fuera eso! No, chico, yo no soy sueca.

Ahora fue ella la que cerró los ojos, apretó los labios y se aferró a una mano de Otto.

—Perdóname —dijo, y estaba llorando—; no quise insultar a Lena, perdón; tú sabes bien lo que quiero decir: yo soy una señora, Otto: *una señora de aquí*... no, no estoy enamorada de nadie. Yo tengo una casa, una familia, un esposo y respeto mucho todo eso. El problema es que no sé si Jorge nos respeta *a nosotros*, y no sé si sigo enamorada de él. ¡Tu hermano ha cambiado tanto!

Nora dio rienda suelta a su llanto, apoyada en el pecho sudado del doctor, que la apretó con ternura y muchas ganas de irse. El pelo de Nora despedía un olor sabroso, un aroma fino al que la transpiración de Miami daba un toque salvaje, y se permitió apretarla y olfateó con fuerza esa fragancia, pensando descaradamente en Milena. Cuando se separaron, ella prendió otro cigarro y dijo, secándose las lágrimas:

—Vete, Otto, vete a tiempo.

—Dile a Jorge que voy a pasarme unos días fuera de Miami. No he visitado a ningún amigo y quizás vaya a Gainesville, a Tampa, a Fort Lauderdale o a Cayo Hueso.

—Hay gente que te estima en toda la Florida —dijo ella tartamudeando.

—Al principio pensé no visitar a nadie, pero creo que necesito cambiar de ambiente un par de días.

Otto ya se iba cuando Bobby salió al patio, gritándole a Dulce en son de burla:

—¡El piano no es para ti, es para el negro ése!

—¡Robert! —chilló desorbitada Norma, que era discreta hasta la autonegación y nunca alzaba la voz.

Once

La ilusión de que la nueva asistenta se robaría el reloj se desvaneció. Otto lo encontró en la mesa del comedor, con una nota: *Doctor, se le olvidó esto.* La muchacha, que se llamaba Yorka, estaba en la cocina y lo recibió con su sonrisa de boxeadora. Yorka era una habanera fornida como si practicase lucha libre, y sus ojos eran vivaces y negros. Al hablar, tenía una expresión voluntariosa en la boca que la embellecía. Leal no acababa de entender por qué no le gustaban sus ojos, hasta que se dio cuenta de que el fallo estaba en las cejas: las tenía afeitadas y sustituidas por unas líneas muy finas, pintadas con un matiz violeta que le confería un aspecto cursi. Por sus movimientos mesurados y esa forma de hablar un poco mandona que es tan común en los asistentes geriátricos, se veía que Yorka sabía tratar a los ancianos. Ahora también mostraba su honestidad.

Otto sacó a Paulina a tomar chocolate en el cacharro de Milena y casi sin darse cuenta fue a parar al South West, una zona que formaba parte de su vida. Durante la primera mitad de la década de los sesenta, los americanos huyeron en desbandada de la Calle 8, que se pobló de negocios cubanos en ambas aceras: tintorerías y «supermarquets», vendutas y guaraperas, cafeterías y tabacaleras con nombres como Jatibonico, Vuelta Abajo y Molondrón. Allí estaba el parquecito de los viejos (o Máximo Gómez Park) en el que su padre jugaba al dominó haciendo política declamatoria. Y recordó el bar de sus días de gloria, el Werehouse, donde se mezclaban los homosexuales junto a las muchachas más «liberadas» de aquellos tiempos, las que se acostaban por placer y no por buscar marido. En la misma acera vio el restaurante La Carreta y, por supuesto, el cine Tower o Tower Theatre, feúcho por dentro y por fuera, con su arquitectura modernista venida a menos pero con el récord de haber sido el primer cine de La Florida con subtítulos en castellano. En ese momento anunciaban una película que se llamaba *Amor violento*, lo cual le pareció premonitorio. El cine Trail también le pobló la mente de imágenes gratas, y se dijo que no toleraría que nada de lo que le estaba ocurriendo destruyera esos recuerdos. La Lechonera en la avenida 31... El Versailles en la 34... y la Librería Universal con sus publicaciones que, desde los años sesenta, procuraban salvar lo que salvar se pudiera de lo que se escribe entre las cuatro calles mentales de la comunidad cubana. Luego, más de lo mismo: *Cuban clothing*, Churros del ayer, Guayaberas *for laydies & kids*, Chiguete *Liquor Store* y otra casa de empeños, El Trapiche —*Cash sólo para ti*. El doctor recordó, con una sonrisa, los tiempos en que aún se veían amoladores de tijeras en el South West.

Al fin fueron a parar a un cafetín de la Pequeña Habana donde sólo había tres mesas y la barra. Allí no vendían marshmallows, pero sí tenían churros, queques y turrón de ajonjolí. El doctor se sintió a gusto en aquel ambiente soporífero, que olía a bagazo de caña y café fuerte. Allí nadie lo vigilaba. En el mejor de los casos, ya se habían olvidado de él. En la barra, tres señores cubanos disfrutaban de una agradable conversación a gritos. Detrás del mostrador, el dueño y un empleado participaban también en la reyerta. Eran hombres sencillos y maltratados por la vida, que parecían intercambiar argumentos de vida o muerte. Dos de ellos eran de rasgos gruesos y caras macilentas; el tercero era flaco y muy quemado por el sol, con rasguños en las manos y de rostro enjuto, casi ahuecado. Discutían sobre la génesis de los ciclones y sobre «la no muerte» de Fidel Castro. Paulina consumió su chocolate y sus churros, pidió limonada frapé y gritó, con un timbre chillón que sobrepasó el vocerío imperante:

—¡Aquí les presento a mi hijo, cirujano de la Neurodivisión Pediátrica del Hospital Académico de Uppsala, *Sweden*!

Se hizo un embarazoso silencio que Otto no se esperaba. Todos los ojos se clavaron en él y, sin explicarse por qué, deseó que Milena estuviese allí en ese momento. Ahora me harán preguntas, pensó, sobre la enfermedad del moribundo Comandante al otro lado del Estrecho. Pero lo que sucedió fue mucho peor. El propietario del cafetín salió de la barra, se sentó a la mesa con ellos y, tras dedicarle unas frases adulatorias a Paulina, se expresó de esta manera:

—Doctor, a usted me lo ha traído Dios.

—A mí también —dijo Paulina.

—Doctor, tengo algo raro en el corazón.

—¡Algo raro en el corazón! —gritó uno de los clientes—. ¡Aquí eso lo tenemos todos, Chucho!

Leal se preguntó por qué añoraba tanto a una colombiana de la que sólo sabía que le tenía miedo a las ranas.

—Doctor —insistió el tal Chucho con voz suplicante—, yo sólo le pido que me escuche.

—Yo no soy cardiólogo —dijo el doctor.

—Estoy hecho leña, doctor.

Todos los médicos han sufrido situaciones similares en algún momento de sus vidas: amigos, parientes o incluso desconocidos que, en las ocasiones más inoportunas —cumpleaños, cenas, bautizos o hasta en la playa tomando el sol— «sólo» quieren hablar de sus tripas adoloridas y sus abscesos, mostrar sus glándulas endurecidas y sus articulaciones hinchadas, para después enumerar los síntomas que los preocupan. En la segunda fase piden que el médico «sólo» los examine allí mismo, y se quitan la camisa o se suben la saya, para terminar con la tercera petición: que el doctor «sólo» les dé un diagnóstico aunque «sólo» sea provisional, y desde luego la medicación necesaria.

—Tienes que ayudar a esta alma en pena —exigió Paulina, santiguándose.

—¡Damián, busca el aparato ése! —ordenó el dueño al camarero, quien, ante la estupefacción del doctor, sacó un estetoscopio de debajo de la barra.

—Lo compré porque el corazón me late a millón —dijo el enfermo— y a veces... no sé, doctor, quiere pararse. Es como si funcionara en cámara lenta.

Después de hacerlo descansar un rato, Otto lo auscultó bajo el silencio sacro de los parroquianos, y Paulina preguntó con aire conspirativo:

—Oiga, Chucho, ¿usted no ha visto por aquí a un apuesto caballero llamado Rufy?

El hombre lo pensó bien y dijo que no con la cabeza, para no entorpecer el examen médico.

—Qué lástima —dijo la anciana.

A juzgar por la arritmia que padecía, y por lo que contaba acerca de los dolores que sufría en la parte anterior del pecho con irradiaciones al cuello y al brazo izquierdo, Chucho podría padecer diversas afecciones al corazón, ninguna de las cuales se podía detectar allí mismo. Y así se lo explicó amablemente: podría ser un bloqueo auriculoventricular, lo que explicaría la disminución de la frecuencia cardiaca de la que hablaba y que podría requerir la colocación, urgente, de un marcapasos. Pero en ese momento el corazón le latía muy rápidamente. En el peor de los casos tenía una fibrilación auricular, o sea, dijo en tono pedagógico, que las aurículas no se contraen y la sangre que hay en ellas puede formar coágulos que, al desprenderse, podrían producir un accidente vascular cerebral con peligro de hemiplejia.

El hombre se estremeció. Paulina vertió un poco de limonada en la mesa y cuatro moscas se pusieron a libar con frenesí. Chucho dio un manotazo para matarlas, pero ellas se escaparon con un vuelo ágil.

—Sólo las moscas de Cuba son haraganas —dijo el dueño del cafetín, contrariado—; las de aquí son supersónicas.

—Un cardiólogo tiene que examinarlo con urgencia —dijo Leal.

—Entonces... ¿qué medicinas debo comprar, doctor?

—Compréndame. Si es una fibrilación auricular, hay que administrarle anticoagulantes y antiarrítmicos. Pero no piense en nada de eso: es imprescindible que lo vea un especialista.

Las moscas supersónicas regresaron a la limonada, y Chucho volvió a atacarlas en vano. Leal condujo hasta a una casa de empeños en cuya fachada había un cartel de letras amarillas que decía:

CASA DE PRÉSTAMOS
MATANZAS
Hnos. PEÑARANDA
CASH LAS 24 HORAS

Su madre se había dormido como una niña, y él la dejó en el auto. La casa de empeños era un cuchitril de escasa iluminación detrás de una ventanilla con barrotes. Dentro había tres personas, un hombre de aspecto lechoso y párpados caídos, flaco y de arrugas limpias, como si fueran de cera blanca. Con una servilleta igualmente blanca que le colgaba del cuello y que parecía un babero, el hombre se comía un melón ante una mesita. El que recibía a los clientes detrás de la reja era rechoncho y de piel también blancuzca y apagada, de un matiz grisáceo. Era como si la luz jamás hubiese tocado a aquellos hombres. La tercera persona era una muchacha vestida como para una fiesta que, sentada frente al hombre del melón, dejaba ver unos muslos espléndidos gracias a la falda diminuta y las piernas cruzadas, mientras se lijaba las uñas con aire desdeñoso. Ella era lo único que parecía vivo dentro de aquella cueva, y Leal le agradeció la miradita que le dedicó, tacaña por lo fugaz pero linda por la sonrisa que la acompañó. Ahora la servilleta del usurero se había manchado de rosa, y Leal empeñó el reloj por una miseria. Debía pagar la deuda dentro de cinco días, lo cual le vino como anillo al dedo.

Cuando volvió al auto, Paulina seguía durmiendo. Pero en el parabrisas habían dejado una nota. Escrita con letras mayúsculas, en papel cuadriculado de block barato y con un bolígrafo de tinta roja, la nota decía: CÓMO TE GUSTA LO QUE NO ES TUYO. No sintió miedo sino ganas de arremeter contra alguien y golpear y que lo golpearan, con tal de que fuese un combate contra un enemigo palpable.

Un lunes a las tres de la tarde, el doctor fue al primer restaurante de los tres que debía visitar en la Calle 8. Condujo despacio en el ford de Milena a través de la arteria central del exilio histórico, y una melancolía malsana le puso el corazón como un trapo. Después de Miami Beach, ése era el barrio mágico de los primeros descubrimientos de su adolescencia. Antes de salir del auto, le quitó el seguro al *Lady Smith,* que llevaba en el bolsillo derecho del pantalón. Pensó en lo absurdo de sentirse fuerte portando un arma que no sabía usar. El establecimiento no era un restaurante, sino algo intermedio entre un expendio de café y una guarapera. No entró. Se sentó en uno de los taburetes que daban a la calle.

—¿Qué desea?

—Un batido de papaya. Sin azúcar.

Clavó los ojos en el dependiente, en busca de alguna señal que delatara que sabía lo que estaba en juego. Pero nada. Era un joven con un tatuaje en el antebrazo, una imagen carcelaria que representaba un crucifijo aguachento. Sus movimientos eran haraganes y lerdos.

—¿Lo quiere con leche o sin? —preguntó con desgano.

La pregunta lo dejó perplejo. El fantasma de las olas de South Beach no le había dado instrucciones al respecto. ¿Con leche o sin leche? ¿Qué debía contestar para no echarlo todo a perder? Para colmo de males, se dio cuenta de que si de pronto necesitaba el revólver, no sabría sacarlo a tiempo para defenderse.

—Sin leche, por favor —contestó y tragó en seco.

—¡Cheo! —gritó el muchacho hacia el interior del bar— ¡una papaya sin na'!

El doctor afiló el oído pero sin mirar, para captar la respuesta del tal Cheo. Pero no hubo respuesta. El batido estaba sabroso. Sin embargo, pensó, no hubiera estado mal con un poco de *azúca.* Y se lo tomó sin dramatismo alguno. De allí fue a visitar a su madre, que estaba viendo la televisión, y al día siguiente se tomó el batido número dos, exactamente a las tres de la tarde. Esta vez se lo dieron con leche sin preguntárselo, y todo transcurrió con la misma normalidad. Nadie parecía notar que se había convertido en un sujeto digno de desconfianza: iba armado y participaba en una conspiración indescifrable. Su armamento no era un bisturí, sino un revolvito mariconeril con el que podría matar a un toro. Como todo hombre habituado a moverse dentro del marco de la ley, le asombraba que nadie descubriera que iba por mal camino. Pronto se enfrentaría, cara a cara, con un «amigo» perteneciente a los bajos fondos o al más allá.

Ahora el calor se había hecho intratable en La Florida. Bajo un sol tan bárbaro, el chapapote con el que estaban arreglando un pedazo de la Calle 8 no se secaría hasta el próximo invierno. Reprimió la sospecha de que uno de los trabajadores lo observaba con disimulo. Resolvió ir al apartamento y pasar el resto de la tarde nadando en la piscina del condominio. Pero cuando tomó el ascensor para subir al décimo piso, dos hombres lo detuvieron.

—Doctor Leal —dijo uno de ellos afectuosamente y en un inglés delicado—, desearíamos hablar con usted.

—¿Y ustedes quiénes son?

La respuesta fue difusa pero no dejó lugar a dudas:

—Nosotros trabajamos para el Gobierno de Estados Unidos.

Subieron juntos. Las profecías de Tony se cumplían. Aquí están los demonios buenos, los sabuesos de Mr Maher. Los diez pisos le parecieron un viaje sideral, dentro de la cápsula del ascensor y en compañía de dos marcianos. ¿Sabrían que llevaba el *Lady Smith* en el bolsillo? En el apartamento, los visitantes fueron correctos, amables y concisos. Le dijeron que no le robarían mucho tiempo y cumplieron su palabra con creces.

—Entonces, ¿qué quieren de mí?

—Hablar —dijo uno de ellos.

—Conversar cuando a usted le plazca —completó el otro—, de todo lo que sabe acerca de los centros de investigación biotecnológica de Cuba.

Los agentes comunicaban una sensación de seguridad bondadosa. ¿Por qué, con ellos, no se sentía amenazado? Otto los observó. Su estricta gesticulación revelaba autocontrol, y sus miradas imponían una superioridad basada en el deseo de compenetrarse. En sus ojos había respeto y simpatía, y el mensaje era sencillo. No querían ningún informe escrito sino saber hasta dónde habían llegado los cubanos en las investigaciones sobre la meningitis cerebroespinal epidémica. Resultados. Planes. No le pedían que hablara de eso *ahora*.

—Siga viajando a La Habana, doctor, siga haciendo amistades en esos centros especializados. Nosotros le daremos una asignación por cada viaje. Prácticamente le daremos lo que nos pida, todo lo que le parezca necesario.

El encargado de decir las cosas esenciales era un hombre anémico y de piel tan blanca como la de los Peñaranda de la casa de empeños, pero sin melón y con unos ojos azules que reflejaban un carácter afable y una serenidad tan aplastante, que podía confundirse con la abulia. Su dicción era excesivamente bien articulada, como quien está habituado a transmitir mensajes a gente que, o no los entiende, o tienen la obligación de obedecerlos.

—*Todos* los temas son de suma importancia —dijo—. Pero de especial interés es conocer el desarrollo de la fabricación de productos biofarmacéuticos en Cuba. Por ejemplo el anticuerpo monoclonal anti CD3 para el tratamiento de pacientes con rechazo del trasplante de órganos... La Eritropoyetina humana recombinante para el tratamiento de la anemia... El Factor estimulante de Colonias granulocíticas para el tratamiento de la Neutropenia... El anticuerpo monoclonal «humanizado» que reconoce el receptor del Factor de Crecimiento Epidérmico para el tratamiento del cáncer...

Otto comprendió que haber escuchado los teques de Tony lo ayudaba a contextualizar lo que ocurría y a mantenerse sereno. Incluso, hasta cierto punto, podía disfrutar de aquella extraña reunión. ¿Entonces la CIA le tenía miedo a la Eritropoyetina humana recombinante para el tratamiento de la anemia, y al anticuerpo monoclonal anti CD3? Guardó silencio, también gracias a la sabiduría de Tony.

—Doctor —prosiguió el de ojos azules y piel de mármol—, la Unidad de Desarrollo Biotecnológico del Centro de Ingeniería Genética y Biotecnología de La Habana cuenta con laboratorios especializados en microbiología, fermentación de microorganismos y purificación de biomoléculas. Disponen de métodos analíticos sospechosamente avanzados y de una planta piloto para la producción de lotes a pequeña escala. Ahora bien, ¿hasta qué punto esa «pequeña escala» se ha convertido en gran escala? Todo parece indicar que están trabajando *a fondo* los más diversos aspectos de la biotecnología moderna: modificación genética de microorganismos, fermentación de bacterias y levaduras, cultivo de células superiores, purificación de proteínas y otras biomoléculas... Esto, doctor, lo están haciendo allí enfrente, en nuestras narices, en una isla atrasada, sin infraestructura industrial y sin que nosotros podamos ejercer el más mínimo monitoreo. Es como si de pronto nos enterásemos de que en Haití están enriqueciendo uranio.

El doctor dijo:

—Es evidente que Cuba no es Haití.

—Exacto; Cuba tiene el agravante de que allí impera un sistema político hostil. Ningún país de América Latina ha llegado tan lejos, y le repito que no tenemos el más mínimo control.

Otto estuvo a punto de preguntar: ¿y por qué tienen que tener control? ¿Quién controla las salvajadas que hacemos aquí? Pero pensó en Tony y no dijo nada; el agente impávido concluyó:

—¿De dónde sacan las materias primas y los reactivos, doctor, si nosotros bloqueamos con éxito prácticamente cada uno de sus intentos de importación? ¿Quiénes son sus proveedores, qué mercados secretos tienen, de dónde salen los pedidos, si es que los hay? Necesitamos nombres concretos de países, corporaciones, firmas, individuos, posibles clientes...

Un poco mayor, bronceado y de una elegante barba recortada y blanca tipo Hemingway, el otro agente irradiaba energía y jovialidad y era todo lo contrario de su colega. Sonriendo y como restándole importancia al discurso de su compañero, dijo:

—Bueno, doctor, ya se habrá hecho una idea más exacta de lo que podríamos hacer juntos, siempre y cuando esté de acuerdo. Aquí tiene una relación de los puntos que deseamos esclarecer. Léalo todo con calma.

—¿Me dejan este papel?

—No, no queremos comprometerlo. Léalo y memorice lo que pueda; no es mucho.

Leal leyó aquella lista con irritación creciente, pues la primera línea decía: «En La Habana existe un laboratorio secreto donde se desarrollan gérmenes biológicos con fines militares». Eso era mentira. Una calumnia rastrera. Pero supo ocultar su reacción, y devolvió el papel con cara de poker después de haberlo leído cuidadosamente.

—Si decide ayudarnos, llámenos.

—¿Debo llamar a Pipo?

Los dos hombres se echaron a reír al unísono. La risa insufló vida en los ojos azules del gente marmóreo, que por cierto era calvo.

—No —dijo el de la barba blanca—, a los del principio no los verá más. Llámeme a mí, por favor, de parte de Tom. Mi nombre es Dale y éste es mi número de teléfono. Mi colega se llama Charles. Si no quiere ayudarnos, díganoslo con franqueza. Desde luego que no le va a pasar nada.

—¿Necesita dinero, doctor? —preguntó el carapálida de los nobles ojos.

Pudo haber respondido: Sí, quiero 20.000 dólares para comprarle un piano Steinway Grand a mi sobrina.

—Lo voy a meditar bien —dijo—. Sólo tengo una pregunta.

—Usted dirá, doctor.

—Dicen que Fidel Castro ha muerto. ¿Eso no lo cambia todo?

—No, doctor, no ha muerto. Pero aunque no le queda mucho, su ausencia no lo cambiará *todo*.

Doce

El día del tercer y último batido habló largamente con sus hijos. En las últimas semanas los había llamado casi diariamente. Llamaba a Suecia a eso de los dos de la tarde, para agarrarlos justo antes de que se acostaran a dormir. Ese día sacó su reloj de la casa de empeños y desayunó con Tony Galán, a quien le contó lo de la visita del encantador hombre de mármol y su agradable colega.

—Ahora sí estás en manos de los expertos de Maher —dijo el abogado—; ¡no me digas que te han convencido!

Otto recordó lo que el propio Galán le advirtiera: a partir de ahora, nada es lo que aparenta, y por eso dijo, capcioso:

—Si tú supieras... que lo voy a pensar.

—No te hagas ilusiones. Para ellos, tú nunca serás otra cosa que alguien quemable, a quien usarán para botarlo cuando crean necesario.

Se compró una muda de ropa deportiva, zapatos tenis, unos pitusas, calzoncillos, un cinturón nuevo y una camiseta blanca que, en letras pequeñas y rojas, ponía a la altura del pecho: *Banana Republic. Miami*. A todo esto añadió un nuevo reloj; el suyo lo dejaría en casa de Paulina. Esas compras las hizo en el Aventura Mall de Biscayne Bulevard, en Coconut Grove y en el Potamkin Auto Mall de la Avenida 57 del North West, pues le pareció adecuado dar muchas vueltas por la ciudad. Incluso deambuló un poco por Liberty City, ese gueto de negros en el país de la libertad. Todo lo adquirió al contado; pagar con la tarjeta de crédito equivalía a dejar un cartelito en todas partes: «Leal was here». Sería la una de la tarde cuando pasó por casa de su madre. En cuanto abrió la puerta, se llevó la sorpresa de su vida: Milena se le echó encima y le tapó la boca con un beso ardiente. Pero él la alejó de sí con un empujón. Estaba aturdido, contento y furioso.

—¡Lo de tu viaje era mentira!

—Me escondí para reflexionar. Me voy hoy. Aquí está el billete, míralo.

Otto lo inspeccionó con un ligero temblor.

—¡Es un billete de SAS, para Estocolmo!

—Parto esta noche. Me voy a Uppsala. Allá nos vemos.

—Gracias por el revólver —dijo él, sin digerir lo de «allá nos vemos».

—Te he esperado toda la mañana. Dime si me amas. Es lo único que me importa.

Él contestó con la mirada, ella se le abrazó y volvieron a besarse. Se sentaron en el sofá, él puso música a todo volumen y le contó lo que estaba a punto de hacer. Reveló todos los detalles del mensajero nocturno de la playa, los tres batidos y el viaje que probablemente haría dentro de una hora, para enfrentarse con un «amigo» que, por fuerza, tenía que ver con Samuelito y los trece kilogramos de droga.

—¡No, Otto! Esa droga no era de Samuelito ni de nadie, sino de la policía, que tenía enganchado a tu hermano. Lo habían obligado a trabajar para ellos, y Samuelito debía ofrecer la coca para atraer a no sé qué mafia contra la que iban a hacer un operativo. Él me lo contaba todo, y Zoila también lo sabía. Nosotras éramos sus paños de lágrimas. La policía lo tenía amenazado: si no colaboraba, destaparían sus contactos con grupos criminales, para arruinar la reputación de Jorge. Samuel se mató para proteger a su hermano, y porque no aguantaba más.

—He resuelto entrevistarme con ese «amigo», sea quien sea.

—¿Quieres que te acompañe? Yo he disparado cinco tiros con el *Lady Smith*. Tú, ninguno.

—Iré solo.

—Otto, entre las llamadas que hicieron a tu teléfono cuando lo botaste a la basura... ¿te acuerdas?

—Sí.

—Había doce mensajes de Médicos sin fronteras, en tres idiomas: inglés, español y una jerigonza que supongo sería idioma sueco. Yo los borré todos.

—¿Qué querían?

—Que te fueras a la guerra del Líbano. Los israelitas bombardearon ciudades y pueblos, caminos y puentes y hospitales, y masacraron a la población civil con artillería y bombas de racimo. Yo no te dije nada. Como estabas tan aislado del mundo, sabía que no te enterarías.

—¿Por qué no me dijiste nada, Milena?

—Porque ahora soy tuya para ti y tú eres mío para mí. Está bueno ya de guerras que no son tuyas. Tú y yo vamos a criar a los hijos de Lena, y todos los que quieras hacerme a mí. Corre prisa.

Esto lo dijo envolviéndolo en su cabellera:

—¿Te gustaría hacerme el amor aquí y ahora?

—Sí, Milena.

—Pues no. En Uppsala.

—¿Qué vas a hacer allá? Tú no hablas sueco. ¿Serás ama de casa o asistenta de ancianos dementes?

—En la universidad hay cursos de posgrado en inglés. Ya he hecho algunas gestiones. Podría hacer un doctorado, no sé.

Él miró el reloj. Eran casi las dos. Milena hizo la pregunta exacta:

—¿Quieres que te lleve disfrazado a ese lugar?

—No quiero meterte en esto.

—Yo estoy más metida en tu destino de lo que tú eres capaz de imaginarte —y volvió a besarlo.

—No excluyo la posibilidad —jadeó él— de que esa gente me esté vigilando afuera.

—Un momento —replicó ella—: mi auto, que es alquilado, no está en la calle sino en el garaje. Atiéndeme: disfrázate de Paulina. Yo te pinto los labios, te pongo uno de sus vestidos de luto, unas gafas grandes y un pañuelo negro en la cabeza a modo de caperucita, y nadie te reconocerá. Te metes en el auto, bajas la cabeza y salimos de aquí como bola por tronera. Si algún gánster está espiándote, pensará que te has quedado aquí mientras yo llevo a tu madre a algún lugar.

Se abrazaron y pusieron manos a la obra. Dieron innumerables vueltas por Miami, hasta comprobar que nadie los seguía. Él se quitó el disfraz.

—¡Cuídate! —susurró ella.

Pero cuando él iba a salir del auto, Milena le desbarató la vida con las siguientes palabras:

—Yo tuve un amorío con tu hermano.

—¿Un qué? — Incrédulo, la miró sin verla.

—Cuando tú y yo nos conocimos, hacía ya seis meses que *eso* se había acabado. Fue algo muy breve, de repente me hice una ilusión con él, que se desvaneció a las pocas semanas. Salí de mi escondite para decírtelo antes de irme a Suecia.

—Yo no quiero verte en Suecia ni en ningún lugar —dijo Otto Leal.

—Te juro que lo que siento por ti es diferente...

—¡Diferente!

—¿Qué te crees, que soy una cualquiera en busca de aventuras? En todo lo negativo hay siempre algo positivo. Es imposible hacer algo de valor sin meter la pata primero. Lo que viví con tu hermano me destrozó, pero me ayudó a encontrarte a ti y a ponderar tu valor. ¡No quiero perderte! Te ruego que me des una oportunidad... Hablemos en Suecia, lejos de aquí... Sólo te ruego que creas en *mi* amor, aunque lo desprecies y no lleguemos a nada.

—No quiero saber nada de ti, Milena. Adiós.

—¡No me trates como a una puerca, Otto! ¿Sabes lo que dice Juan Luís Guerra en una canción? *Las palmas son más altas, y los puercos comen de ellas...*

—No sé quién eres. En este momento apenas sé quién soy yo: un hombre enamorado de la amante de su hermano.

—¡Yo no soy amante de nadie!

—¡Pero lo has sido! Yo tengo hijos y me ocuparé de ellos. Y tengo un hermano que...

—...Que no piensa en ti como se piensa en un hermano.

—¡Eso a ti no te importa!

—Vete —dijo ella sollozando y sin mirarlo—; son las tres.

Esta vez se sentó en lo profundo del modesto restaurante. Estaba que ardía por dentro y las manos le temblaban, no de miedo ni de expectación sino de dolor. Un dolor indigno y ridículo, pensó. Al carajo con Milena. «Una ilusión de unas semanas» con Jorge, y una ilusión de otras semanas con él. Miró en torno y no le gustó un detalle: en el local había bastante gente. *Todos* podrían ser espías al servicio de algo o de alguien. ¿O sería mejor así, con muchos testigos? Se metió la mano en el bolsillo y le quitó el seguro al *Lady Smith*.

—Un batido de papaya sin azúcar, por favor.

Lo atendió una camarera que era casi una niña. Cuando le trajo el batido, el doctor reparó en un detalle importante: ¿debía tomárselo? No estaba seguro. Los dos batidos anteriores se los había bebido. ¿Habría sido un error? Creía recordar que el hombre de la playa dijo: «Después de *tomarse* el batido, vaya al baño de señoras...» Pero ahora sospechaba que ese tercer batido, pese a la excelencia de los dos anteriores, podría ser una trampa fatal: ¿y si hubieran diluido en él un potente somnífero? En el ámbito flotaba una canción de Santana, *Esa mujer me está matando*, decía la canción, *Cómo me duele el amor*... De pronto se metió en el baño de señoras, sin haber probado el batido. Iba dispuesto a no dejarse matar.

Antes de entrar sacó discretamente el revólver, pero una vez dentro se vio obligado a levantar las manos y entregarlo, sin ofrecer la menor resistencia. Pues un hombre, enmascarado con un pasamontañas grisáceo, salió de ningún lugar a sus espaldas y lo encañonó por la nuca con un artefacto que, por la impresión que daba el cañón, era mucho más devastador que su revolvito. Con una habilidad de policía o de matón de oficio, y no obstante con movimientos suaves y rápidos, el hombre lo auscultó con algo que al doctor le pareció un detector parecido al de Galán. Estaba «limpio». Dentro del servicio de señoras se oía la música de Santana a un volumen bastante alto, pero el doctor oyó perfectamente cuando el tipo le preguntó, con una vocecita que parecía de maricón:

—*¿Cómo está el Cucalambé?*

—*Como usted lo ve* —respondió él sin vacilar.

Entonces el enmascarado sacó del bolsillo un papel, en el que había algo escrito a mano, y lo puso en las narices del doctor. La nota decía, con letras mayúsculas que no eran rojas: EL AMIGO QUE QUIERE VERLO ES EL DOCTOR MARIANO CAMPOY OJEDA. No supo qué decir. Aquel nombre lo llenó de alegría, pero al mismo tiempo de extrañeza. Bromista, chévere y genial, Mariano Campoy Ojeda era un joven especialista en genética molecular que vivía en Cuba. Era profesor de la Universidad de La Habana y jefe de un departamento del Centro de Ingeniería Genética y Biotecnología. Otto comprendió que debía decir algo sin demora, pues el hombre ripió el papelito, lo echó al retrete y haló la cadena. Sin dejar de apuntarlo con la pistola, el hombre sacó otro papel manuscrito: DÍGAME AHORA SI QUIERE VERLO O NO. TIENE QUE IR VOLUNTARIAMENTE O NEGARSE. CORRE PRISA. Esa nota siguió el mismo camino de la otra. Leal dijo entonces, con una aspereza que su interlocutor tal vez no se esperaba:

—Quiero verlo. Pero si no me devuelve el revólver, no voy a ningún lado.

Por unos instantes, el enmascarado no supo qué hacer. Se quedó parado detrás de él, encañonándolo pero evidentemente indeciso. Había tropezado con uno de esos accidentes imprevistos que de súbito imprimen su propia dinámica a los acontecimientos. ¿Cómo actuar? El hombre bajó la pistola y dijo en inglés, con su voz aflautada y muy cerca de su cara:

—Armado corre más peligro, *Sir*.

—Me da igual. Si no me lo da, no voy.

El hombre le devolvió el revólver mientras decía casi inaudiblemente, en español:

—La próxima contraseña es: Pregunta: *Óyeme chico adónde tú vas.* Respuesta: *Yo voy a Cuatrocamino', Songo, La Maya y viro pa'trás.*

Entonces le hizo la pregunta a quemarropa, *Óyeme chico adónde tú vas*, y él contestó:

—*Yo voy a Cuatrocamino', Songo, La Maya y viro pa'trás.*

El baño tenía peste a cloro y una de las paredes era como una puerta. Su acompañante la abrió y caminaron por un pasillo umbroso, que olía a trastienda de restaurante barato, aceite requemado y guisos fantasmas incrustados en las paredes. Un tufo de comino, cebolla, ajo frito y otras especias dulzonas se mezclaba con una ligera peste a pescado. Desembocaron en algo que parecía un garaje. Al fondo había una zona de fuerte resplandor. La luz caía en un chorro inclinado sobre unas malangas de grandes hojas y un verdor pomposo, que crecía dentro de un cubo de metal destartalado. En el garaje había dos motos. El encapuchado le dio la llave de una de ellas y un casco rojo. O sea, pensó el doctor, que estaban informados de que él era capaz de manejar una moto, ya que tenía una en Uppsala con la que solía recorrer —con Lena de pasajera abrazada a él—, los caminos del verano sueco. El hombre le dio la espalda como para ocultar la cara, se quitó el pasamontañas y de él surgió una cabellera lacia, negrísima y espesa. El hombre era una mujer, constató Leal con la mayor naturalidad: nadie era lo que aparentaba.

—No me pierda la pista —ordenó su guía, y partieron.

Condujeron hacia el norte, después hacia el oeste y más tarde hacia el sur. Entraron y salieron de Carol City, dieron unas vueltas por Opa-Locka, bajaron hasta Hialeah, se demoraron en Miami Springs y, en algún lugar de Virginia Gardens, la muchacha abrió, por control remoto, el portón de un garaje. Bajaron por una rampa bastante inclinada y desaparecieron de la circulación normal de la ciudad de Miami, capital del exilio histórico cubano. Su guía actuó con rapidez y siempre con el casco puesto, para no revelar su rostro.

—No se mueva de aquí hasta que lo vengan a buscar. No haga ruido. Éste es un lugar seguro. Y pase lo que pase, no use el revolvito ése, por favor. Mire que esto no es una película. Suerte y cuídese.

Curiosamente y en contra de toda lógica, Leal tuvo deseos de que la desconocida, antes de marcharse, lo abrazara. Pero ella le dio la espalda y desapareció.

De pronto Leal se sintió ridículo y enseguida acorralado.

¿Dónde coño se encontraba? ¿Qué garantía tenía de que su amigo Campoy, de verdad, quería verlo? ¿Acaso él estaba en Miami? En ese instante, ¿cuál era exactamente su situación? Lo habían encerrado en un garaje bajo tierra. «No se mueva de aquí», le había ordenado la motociclista. Intentó abrir el portón del garaje y no lo logró. Inspeccionó todo el ámbito y fue hasta la puerta del fondo, la misma por donde había desaparecido la muchacha. Pero también estaba cerrada con llave. En uno de los rincones había un par de tanques que probablemente fuesen de gasolina o petróleo, junto a una pila de gomas de automóvil. Se parapetó detrás de ellos, en cuclillas, dispuesto a esperar con el *Lady Smith* en la mano. Al cabo de media hora le empezaron a doler las rodillas y se sentó en el piso, que estaba grasiento y manchado de pintura. Ahora el revólver le parecía demasiado pesado para ser tan pequeño y mujeril. Entonces se abrió la puerta del garaje. Despacio. Sin ruido. Un pontiac azul oscuro descendió lentamente por la rampa y se detuvo casi delante de su escondite. Sin salir del auto, el chofer bajó la ventanilla y preguntó:

—*¿Óyeme chico adónde tú vas*?

Sin salir de su escondite, el doctor guardó silencio, casi dejó de respirar. El recién llegado repitió su parte de la contraseña, pero Leal siguió tan silencioso como la pila de llantas que lo ocultaban. Desconfiado, el hombre salió del auto. Era alto, bronceado, de unos sesenta años y blanco en canas.

—*¿Óyeme chico adónde tú vas*? —repitió mirando en derredor.

Ahora el hombre estaba de espaldas y el doctor salió, apuntándolo con el revólver.

—No se mueva o lo mato —dijo con demasiada urbanidad.

—*¿Óyeme chico adónde tú vas*? —preguntó el hombre sin mover un músculo, como si no supiera decir otra cosa.

—Dese la vuelta —ordenó el doctor.

El hombre obedeció. Leal sintió una alegría que no logró despejar su desconfianza. El nuevo emisario era el taxista de su primer día en Miami, y el Rufy de la Cuba de ayer.

—Entones usted, desde el principio, ya sabía que...

—Yo no sabía nada, se lo aseguro. Yo tenía órdenes muy escuetas, y en este momento tampoco es mucho lo que sé. Fue un placer un poco amargo llevarlo a La Cuba de Ayer.

—A mí se me olvidó mi parte de la contraseña —reconoció enternecedoramente el doctor, sin dejar de encañonarlo—. Creo que era algo de *Voy a Cuatrocaminos y viro pa'trás.*

—No importa, Maestro: nosotros ya casi somos familia. Pero deme ese revólver, por favor.

—De ninguna manera.

—Es por su bien.

—Olvídese. ¿Dónde está mi amigo Campoy?

Por toda respuesta, el hombre se puso un mono azul, agarró una manguera que el doctor ni había visto y dirigió el chorro hacia el pontiac, que empezó a perder la coloración azul. Cuando emergieron de nuevo a la realidad soleada de La Florida, lo hicieron dentro de un flamante taxi amarillo.

—¿Qué le parece, Maestro?

—¿Cuál es su verdadero nombre? —preguntó el doctor.

—Kumakiki para servirle —y le dio la mano ruda, poblada de rugosidades y callos—. Ahora no hablemos más. Si no le molesta, póngase esa gorra de las Grandes Ligas, ese bigote postizo que le puse en el asiento de al lado, y hágase el dormido. Es más, si tiene sueño duerma de verdad, porque lo que nos espera no tiene nombre en la Historia.

Leal ocultó parte de la cara bajo la visera de la gorra, que por cierto no era fea, y con el bigote rubicundo haciéndole cosquillas en el labio inferior enfilaron hacia el sur por la US1. Después de desviarse varias veces por calles y avenidas y dar mil vueltas, no pararon hasta llegar a un punto de la costa en los cayos de La Florida, en Key Largo o tal vez un poco más al sur, en Islamorada o Lower Metecumbe Key. No quiso saber dónde se encontraban. Entraron en otro garaje donde no los esperaba nadie. Dejaron allí el taxi y subieron por una escalera de cemento sin repellar, que los condujo a un chalet modestamente amueblado cuya terraza daba a un canal que conducía directamente al mar. El crepúsculo se entregaba a la noche con una coquetería tropical insoportable, y el poniente fue tan breve que el doctor apenas lo vivió como un paréntesis en el transcurso de su aventura. No obstante, alcanzó a disfrutar del paisaje que ofrecía la mar en calma, irisada, que se ennegrecía: primero de un azul nacarado que enseguida pasó a ser violáceo, luego gris y al fin oscuridad. La mole blanca de un crucero que se alejaba, como teñido de un agua de rosas, penetró en la negrura con sus adornos de luces y desapareció.

—Prométame que no va a usar ese revólver.

—Yo no puedo prometerle nada.

En el muellecito había un yate azul verdoso y de un nombre inquietante: *Salsipuedes*. Lo abordaron. En la cocina del chalet alguien había dejado unas bolsas con provisiones que subieron a bordo: un termo con café recién colado, bocadillos, fiambres, conservas y frutas, pan y otros alimentos. Kumakiki se puso al timón y sólo cuando salieron a la mar abierta volvió a dirigirle la palabra, esta vez para dar órdenes.

—Póngase el chaleco salvavidas —dijo—, como verá, está provisto de una mini mochila (yo le digo así) que contiene una botella con dos litros de agua. Al otro costado hay luces de bengala. Si nos pasa algo en alta mar, por ejemplo que el *Salsipuedes* se hunda y tengamos que sobrevivir en el agua, tratemos de mantenernos unidos. Yo llevo una cuerda conmigo y se la daré. Si nos perdemos, use las bengalas sólo cuando vea tierra o divise algún barco. Economice el agua de la botella. Si lo recoge la guardia costera americana y lo interrogan, diga que salió a pescar en un barquito alquilado y que se hundió. Aquí tiene los papeles del barco alquilado. Apréndase de memoria el sitio donde «lo alquiló». Cuando investiguen la cosa, no habrá problemas.

—¿Y si ahora mismo nos detiene la Guardia Costera y nos interrogan?

—Decimos que vamos a pescar la luna en el mar. Allí dentro están las cañas y la carnada. Ahora sujete el timón, que voy a santiguar el barco.

—¿Qué rumbo tomo? —preguntó Leal.

Kumakiki no respondió. Sacó una botella de ron Matusalén de una de las bolsas que habían recogido en el chalet, y un grueso ramo de albahaca de hojas un tanto pachuchas. Destapó la botella y roció con ron diferentes rincones del yate, la proa, la cubierta y el timón, mientras agitaba el manojo de albahaca y murmuraba unos ensalmos que el doctor no oyó. Después sirvió dos vasos de ron y puso la botella y la albahaca en un diminuto altar situado justo detrás de la meseta de los instrumentos de navegación. En el altar, que estaba especialmente construido para soportar cualquier tipo de marejada sin que las cosas salieran volando, reinaba una estatuilla de la Virgen de la Caridad del Cobre. Por la premura de sus movimientos, el doctor coligió que no había tiempo que perder. Kumakiki hurgó de nuevo en las bolsas y sacó un girasol, un enorme mango y una papaya. Sacó además un puñal descomunal tipo comando, dio sendos tajos a las frutas y las colocó en el altar ensartadas en unas puntillas que parecían una pequeña cama de fakir. El mango y la frutabomba mostraron su pulpa esplendorosa, y al doctor le dieron ganas de pedir un pedacito. Pero no dijo nada porque le pareció un sacrilegio. Kumakiki le dio uno de los vasos de ron, se puso de nuevo al timón y dijo:

—Salud.

—Salud —respondió el doctor, dubitativo.

¿Debía beber? Le echó una ojeada a la Virgen y no se atrevió a hacer ningún comentario; aquello le pareció una sesión de espiritismo marítimo. La noche era apacible. Las olas, disfrutables. Y el calor se dejaba someter por la brisa.

—¿Adónde vamos, Kumakiki?

—A donde nos lleve el viento.

—¿Dónde está el doctor Campoy?

—Ya lo verá.

—¿Para qué tanto secreteo?

—Para salvarlo a usted.

Navegaban a gran velocidad, aprovechando la calma del mar que no tardó en mostrarse traicionera. Pues mientras más se adentraban en la noche de la Corriente del Golfo, más impetuoso se hacía el oleaje. Comieron unos bocadillos, tomaron café y el doctor constató que no tenía miedo. Pensó en sus hijos y todo lo que aún podía darles en esta vida. Curiosamente también pensó en Lena, con invencible ternura. Después pensó en Milena y en lo poco que duró la dicha. ¿De verdad iría a Uppsala? No le cabía en la cabeza que, después de haber sido amante de Jorge, abrigara la menor esperanza de vivir a su lado «y criar los hijos de Lena». El ron estaba rico. La noche, de un azul misterioso. Recordó sus excursiones en el lago Mälaren con Lena y los niños, días y noches de felicidad estival. Qué diferencia la noche del verano sueco, con esa luz indefinible que ni llega ni se va. También pensó en sus amigos y amigas del Centro de Ingeniería Bioquímica y del Hospital William Soler, y los buenos ratos que habían pasado en La Habana. Recordó la modestia de sus casas y la precariedad de sus vidas, que contrastaba con la excelencia de su preparación científica y la labor que realizaban. ¿Por qué resistían dentro de una Revolución que el resto del mundo consideraba cochambrosa y siempre a punto de «caerse»?

—Tengo entendido que Fidel Castro está agonizando, y que con él morirá la Revolución —dijo por decir algo.

—Parece que está vivo —respondió Kumakiki, animado por el tema—. Incluso se está restableciendo. Pero supongamos que se muera dentro de media hora. ¿Por qué iba a morirse la Revolución? *Yo*, por ejemplo, no me he muerto —y se golpeó el pecho con una mano—; tampoco se ha muerto el pueblo de Cuba, que es el dueño del país. Por cierto que usted también está vivo.

—Pero yo ni canto ni como frutas.

—Mire Maestro, yo no sé quién es usted. Pero puedo adivinar que en algún lugar de la mente del enemigo a usted lo necesitan, o le tienen miedo. Y sí le puedo decir una cosa: nosotros no hacemos este tipo de operaciones todos los días. Imagínese los riesgos que hay que correr para este tipo de cosas, las labores de chequeo y contrachequeo, los métodos de observación visual que se tienen que usar y la rígida compartimentación, la información que hay que obtener, el análisis y el traslado de esa información, los métodos para burlar la contrainteligencia americana, las medidas operativas de seguridad, las peligrosas comunicaciones radiales, personales y por computadora, los códigos secretos, la escritura cifrada e invisible, ¡etcétera, etcétera, etcétera!

¡Tanto revuelo por un pediatra!, pensó el doctor Leal, y dijo:

—Kumakiki, no se ofenda. Pero a pesar de todas esas medidas que usted mencionó, y que a mí me parecen cosa de película, el FBI desarticuló toda una red de espionaje cubano en Miami, y hay cinco muchachos presos y condenados a varias cadenas perpetuas.

—Mire, Maestro: las informaciones de esos cinco héroes, ¡porque son héroes! sobre las acciones terroristas contra Cuba planificadas por organizaciones cubano-americanas desde Estados Unidos, sirvieron para neutralizar planes macabros y evitar la muerte de personas inocentes en territorio cubano. ¿Pero qué fue lo que pasó? ¿De verdad quiere saberlo? Pues que de repente el FBI, por primera vez en la historia de la Revolución, dio señales de que quería colaborar con nosotros en materia de terrorismo. Porque ellos mejor que nadie saben hasta qué punto Cuba ha sido objeto de actos terroristas planificados y financiados en Miami por la Fundación Nacional Cubano Americana. Y la Revolución siempre ha querido y querrá colaborar con ellos para combatir el terrorismo, cualquiera que sea. En el mismo año de la detención de esos cinco muchachos, esas informaciones sensibles (grabaciones, fotos, filmaciones, de todo) fueron compartidas y puestas en conocimiento del gobierno de Estados Unidos, que falsamente mostró interés en conocerlas para actuar como Dios manda e impedir que se cometieran actos terroristas contra Cuba. ¡Y enviaron a una delegación del FBI a La Habana, Maestro! Y nosotros, ingenuos, comemierdas, confiados; con nuestro eterno deseo de normalizar las relaciones con EE UU, pusimos las cartas sobre la mesa y les dijimos: miren, sabemos todo esto y muchísimo más. Entonces el FBI se comprometió a analizar las informaciones sobre la implicación de la Fundación en actos de terror contra la población cubana. Eran datos exactos, incontrastables, minuciosamente comprobados y comprobables. Y se comprometieron a reciprocar con una respuesta honesta. ¿Pero qué hizo el FBI en contubernio con la Fundación Nacional Cubano Americana? ¡Usaron la información para destruir a los cinco patriotas cubanos, que jamás habían compilado información alguna sobre los americanos porque su trabajo no era ése, sino saberlo todo sobre la red del terror de *exiliados cubanos*. Y en vez de actuar contra los terroristas, condenaron a nuestros compatriotas en un juicio amañado e indigno. O sea, que fuimos *nosotros* los que, con las mejores intenciones, metimos la pata. Ahora ya sabemos.

—Al fin los americanos tendrán que invadir a Cuba.

—¡Ah! —exclamó Kumakiki mientras el *Salsipuedes* trepaba hacia la cresta de una ola descomunal—; si ellos ponen la música, nosotros pondremos la gozadera.

—¿La gozadera?

—Los sacrificios serán tremendos. ¡Pero les vamos a formar un baracutey histórico! Nosotros tenemos una visión política de las confrontaciones bélicas, y del papel que juega el hecho de que una isla pacífica del Tercer Mundo sea agredida por la primera potencia de la historia. Una acción armada contra Cuba se propagaría como la candela. El continente, que ya es un polvorín, explotaría de forma inimaginable. Y en la isla ni hablar. Si ellos arrancan, ¡después que pare el que tenga frenos! Para nosotros, evitar esa guerra equivale a ganarla. Peor que una invasión es el bloqueo.

Se veía que Kumakiki era buen capitán, y que el *Salsipuedes* era una embarcación marinera. A bordo había un lugar para cada cosa y cada cosa había sido afincada en su lugar, por lo que la violencia del vaivén no provocaba desajustes. Ni siquiera el altar se desbarató bajo los embates de las olas negras. Navegaron hasta el amanecer, en un avance que por momentos se hacía vertiginoso. Como tenían viento en popa, descendían y ascendían como si viajaran en una montaña rusa hecha de masas de agua enfurecida. Cuando rompió el día, Kumakiki le gritaba cosas incomprensibles al mar. Si la cresta de una ola bellísima amenazaba con invadir la cubierta y arrastrarlos al abismo, Kumakiki vociferaba:

—¡No me maltrates, Ana María, que yo te adoro!

—Las olas se compadecen —dijo— si uno les pone nombres de mujer—. ¡Belkys, amor! ¡No me olvides!

El *Salsipuedes* subía y bajaba como un corcho insumergible. El agua azotaba la cabina con fuerza de granizo. Leal tenía escalofríos y sabor a sal en la boca. Al atardecer se produjo una calma y vieron tierra cerca: una gruesa franja verdosa bajo la luz del atardecer. Kumakiki dijo que ahora debían actuar con rapidez:

—Tenemos que hacer contacto antes de que anochezca.

El doctor no dijo nada, pero era obvio que Kumakiki no tenía la menor idea de dónde estaban. Navegaron un buen trecho a cierta distancia de la costa, que era baja, seguramente cenagosa y toda poblada de mangles, hasta que entraron por un canalizo. Allí se abrió a sus ojos el esplendor de una naturaleza inmóvil, con estanques entre la vegetación donde el agua tenía el mismo matiz de humus de los lagos nórdicos. Pero allí la tierra no era tierra, sino una trabazón de bejucos y de raíces velludas, con hojas de un verde brillante y, más adentro del verdor, un retorcimiento repetido de ramajes, gajos secos e impenetrables colgajeras. Nubecillas de jejenes se ensañaban especialmente con su nuca. Entre los mangles zancudos, bandadas de pájaros salvajes se escondían chillando. Kumakiki ancló en un recodo del canalizo, donde el agua era cristalina y profunda. Después bajó a una especie de playita natural, donde se hundió hasta las rodillas en una mezcla de fango y arena. Otto le seguía los pasos a una distancia prudencial. Avanzaron unos cien metros y, al desembocar en un firme arenoso, un joven soldado salió de detrás de un moño de mangle prieto cuyas hojas estaban cagadas por los pájaros. Cuando encañonó a Kumakiki, éste se puso las manos detrás de la nuca y gritó:

—*Pensando que el camino iba derecho,*
vine a parar a tanta desventura.

A Leal le dio tiempo a pensar que semejante poesía era una contraseña que requería una respuesta, pero el joven gritó ¡desventura pinga! y disparó una ráfaga muy cerca de Kumakiki, levantando un surtidor de agua espumosa. Una bandada de flamencos levantó el vuelo cerca de allí, con su plumaje rosado tirando a rojo, y fue como si la marisma ardiera. Leal se quedó paralizado. El muchacho no lo había visto.

—¡Date la vuelta y encuérate! —gritó el soldado, y Kumakiki obedeció al instante y sin chistar. Eso tenía que significar que todo se había ido al carajo. La contraseña del taxista-capitán había caído en terreno baldío, lo cual no lo extrañó en absoluto y de pronto el doctor Leal, que se encontraba detrás del hombre armado, sacó su revolvito de cinco tiros, salió al descampado con el agua por las rodillas y cometió el peligrosísimo error de encañonar al muchacho.

—¡Tira la escopeta o te mato, cojones! —amenazó con un grito.

Para sorpresa del doctor, el recluta ni le hizo caso. Ni siquiera se volvió hacia él para asesinarlo o decirle algo, sino que siguió apuntando con su AK-47 a Kumakiki, que gritó ya en cueros, siempre de espaldas y devorado por los jejenes:

—¡Tire el revolvito al agua, Maestro, que esto es Cuba! ¡Por favor, no lo eche todo a perder, mire que lo pueden matar! Y tú, recluta, ¡no se te ocurra tirarle a ese hombre que es más importante que tú y que yo!

—¡Importante pinga! —gritó el joven, cuyo vocabulario parecía ser bastante restringido.

Leal tiró el revólver al agua, justo al lado del soldadito. Los tiros habían formado un revuelo tal de corúas, garzas y galleguitos, además del glorioso despegue de los flamencos, que ya estaban rodeados de guardafronteras que emergieron del manglar como cangrejos de peligrosas muelas. Al fin los condujeron ante un oficial y Kumakiki volvió a rezar:

—*Pensando que el camino iba derecho,*
vine a parar a tanta desventura.

Esta vez el exorcismo funcionó y el militar dijo:

—*... que imaginar no puedo, aun con locura,*
algo de que esté un rato satisfecho.

Trece

El encuentro con el doctor Mariano Campoy se realizó en una embarcación militar anclada en una laguna interior rodeada de mangles. Gracias a una gama de colores grisáceos y verdinegros de camuflaje, que a Leal le parecieron siniestros, la nave estaba asimilada al paisaje. Subió a bordo en compañía de unos oficiales vestidos de civil, que lo dejaron solo con Mariano. Los amigos se abrazaron efusivamente y entre ellos se produjo el siguiente diálogo:

—¡Otto! Acabas de poner al servicio de guardafronteras en zafarrancho de combate.

—Y con un revólver llamado *Lady Smith*...

—¿Cómo estás, hermano?

—Mariano: ¿tú crees que yo deba casarme en la catedral de Uppsala con una colombiana que le tiene miedo a las ranas?

—Habría que estudiar las estadísticas suecas, para ver cuántas ranas se han visto en la catedral de Uppsala en los últimos doscientos años. Pero primero tendrías que divorciarte de Lena, ¿no?

Hablaron de sus familias. Otto relató en pocas palabras el desastre con Lena y la muerte de Samuelito. Después entraron en materia.

—¿Por qué querías verme, Mariano? Me debes una explicación científica.

El profesor Campoy señaló el grupo de oficiales de fuera y dijo:

—Ignoro cómo esa gente se enteró de que la CIA quiere que nos espíes. Pero parece que la cosa es grave.

—¿Quién es *esa gente*, Mariano?

—¿No te lo imaginas?

—Mariano, ¿tú eres uno de ellos?

—¡No jodas, Otto! Yo pertenezco a mi mujer y a la Ciencia. En ese orden. Pero soy cubano y vivo aquí; tengo hijos y quiero que vivan en un país que nadie lo bloquee, que nadie lo agreda ni le dicte quién tiene que apropiarse del agua potable, la compañía telefónica o las minas de Matahambre. Esos oficiales me llamaron y me plantearon que hay un hombre de visita en Miami, al que la CIA lo está coaccionando para que los ayude a destruirnos. Y cuando me dijeron que ese hombre eras tú, mi socio Otto Leal con pelos y señales, y me preguntaron si tú tendrías cojones para brincar el charco y venir, yo dije: sí, él sí que se atreve, y cuenten conmigo para traerlo a Cuba.

A una señal de Campoy, los oficiales entraron. Uno de ellos dijo que Otto tenía que emprender la travesía de regreso casi inmediatamente. Eso lo dijo el que parecía ser el jefe, un negro cuadrado por lo fornido, de ojos enormes y bemba pronunciada, que se presentó bajo el nombre de Mofeta. A su lado, una mujer vestida de verdeolivo observaba al doctor con una sonrisa fresca, del mismo color de los flamencos de la marisma y cuyos ojos pardos, ligeramente pintados, denotaban mucha falta de sueño. Pero el que habló fue el tercer oficial, un hombre tan pálido como el agente marmóreo de la CIA en Miami, y Otto pensó que el oficio de ese tipo de gente tenía que ser tan secreto, que sólo podía realizarse a la sombra.

—Doctor —dijo el carapálida con gravedad— Estados Unidos ha admitido públicamente, mediante la divulgación del llamado *Plan Bush*, que se propone incrementar el bloqueo a Cuba con presiones y amenazas a otros gobiernos y organismos. Ello sucede a pesar de que, año tras año, la Asamblea General de la ONU condena, prácticamente por unanimidad, el asedio económico y comercial que ya data de medio siglo.

—El informe promueve —abundó la mujer, y Otto notó que tenía los antebrazos y el cuello acribillados por los mosquitos— una mayor participación directa de terceros países para aislar a Cuba, obviando los acuerdos internacionales suscritos a favor de la no intervención en los asuntos internos de las naciones y el respeto a su soberanía. El Plan Bush aplica la coacción a las empresas *de cualquier país* que lleguen a convenios con Cuba, para un trabajo conjunto en áreas estratégicas de la economía.

—Esto se dirige particularmente a las inversiones en petróleo, turismo, níquel, tabaco y ron —informó el carapálida—. Ese plan, aprobado por la Casa Blanca, expresa la decisión de causar dificultades insalvables que causen daños cada vez mayores a la población cubana.

—En usted —dijo la mujer con una especie de tristeza—, ellos creen haber encontrado al hombre que podría lograr dos objetivos a los que otorgan la máxima prioridad: uno, obstruir, y si es posible paralizar, el desarrollo de la biotecnología en Cuba. Y dos, fabricar un pretexto para intervenir militarmente o intensificar el asedio. Recuerde que ya han designado a un procónsul, un tal Caleb McCarry, cuya misión es venir aquí, plantar su oficina en el Capitolio Nacional y decidir nuestros destinos.

—¿Y en qué *específicamente* puedo ayudar yo?

El negrazo Mofeta tomó la palabra:

—Antes de responder esa lógica pregunta, doctor, permítame preguntarle una sola cosa: ¿por qué aceptó venir?

—Al principio creí que todo esto tenía que ver con el suicidio de mi hermano. Cuando supe que era Mariano el que me quería ver, acepté de inmediato, pues confío en él como amigo y como hombre de ciencia.

—¿El hecho de haber venido significa que está dispuesto a colaborar con nosotros? —quiso saber la oficial picada de mosquitos.

—En absoluto —contestó resueltamente Leal—. Yo no vine por ustedes. Yo vine por Campoy Ojeda.

Y contó lo que le sucedió en el aeropuerto de Miami, y el acoso al que lo habían sometido, y la certeza de que alguien había puesto un misterioso dispositivo dentro de su reloj.

—Doctor —intervino la mujer con los ojos siempre cansados, pero ahora chispeantes—, los americanos están tan habituados a poner y quitar las cosas de este mundo, que si sienten que sus opciones se agotan, se ponen nerviosos. Con nosotros ya no saben qué hacer. Cifraron sus esperanzas en que al morir Fidel el pueblo «vapuleado e inculto» se levantaría, eufórico, y que Cuba volvería a convertirse en una colonia y un lugar de recreo de los norteamericanos. Informados por una multitud de parásitos que viven de los dineros estadounidenses, y que les cuentan las historias que ellos quieren oír, no entienden a Cuba y terminaron por creerse los disparates que ellos mismos fabrican.

—¿Qué se les ocurre que pueda hacer yo?

—La CIA quiere que escriba un informe...

—Parece que sí —y enumeró con la mayor cantidad posible de detalles la gama de datos que deseaban conocer. Cuando describió a los agentes que lo habían importunado, los oficiales cubanos intercambiaron miradas intraducibles pero sobremanera significativas, como si supieran quién era quién. Otto se abstuvo de facilitarles el número de teléfono del tal Charles.

—Pues proporcióneles —dijo la mujer— la información que tanto ansían.

El profesor Campoy le dio unos papeles.

—Aquí está el informe que les puedes dar —dijo.

Leal leyó el documento con sumo interés. Al terminar dijo:

—Pero bueno, todo lo que allí se dice es la verdad, ¿no? ¿Tanto lío para decirle la verdad a la CIA?

—¡Es que queremos que sepan la verdad! —gritó de alegría el agente que trabajaba debajo de una lápida, como demostrando que llevaba sangre en las venas.

—Cuando usted les entregue esa información —dijo Mofeta con autoridad—, ellos le pedirán más y más... Y después todavía más. Lo enviarán a La Habana y a todas partes.

Campoy dijo:

—¿Tú no has leído el Plan Bush, Otto, el de la «Comisión de ayuda para una Cuba Libre»?

—No.

—Allí dicen que cuando al fin destruyan la Revolución, van a vacunar a los niños cubanos contra unas enfermedades que nosotros erradicamos en 1962. Aquí hay 590 médicos y 743 enfermeras por cada 100.000 habitantes, en comparación con los 160 médicos y 69 enfermeras de América Latina. Aquí hay una tasa de mortalidad infantil de 6,15 por cada mil niños nacidos vivos, a diferencia de 56 a nivel mundial. Aquí hay un cien por ciento de infantes inmunizados, a diferencia del 75% mundial. Niños matriculados en primaria, el 100%. Y en secundaria, el 99,7%, mientras la tasa internacional es de 82 y 68%, respectivamente. El pueblo cubano no necesita de la «ayuda desinteresada» del gobierno de Estados Unidos. Por eso presté mi nombre para traerte.

Mofeta preguntó:

—¿Qué respondió usted cuando le preguntaron *allá* si quería colaborar?

—Que lo pensaría.

—¿Por qué no se negó?

—Porque descubrí que cuanto más duro me ponía en mi negativa, más me asediaban. Decidí ganar tiempo para volver a Suecia.

De pronto el doctor Leal recordó algo importante, y se dirigió a Campoy:

—Mariano, ¿te acuerdas de aquel paciente que vi la última vez que vine? Era un joven que a causa de un traumatismo craneal penetrante pese a la profilaxis antibiótica se le formó un absceso secundario al abrírsele una celdilla aérea?

—¿Te refieres a aquel recluta al que se le fue un tiro, y que presentaba una fístula de LCR no corregida quirúrgicamente causada por una bala que atravesó un seno aéreo?

—¿Qué pasó al fin con el muchacho?

—Si la memoria no me engaña, se le trató el absceso secundario con aspiración y se le efectuó un desbridamiento quirúrgico a cielo abierto, para extirpar todo cuerpo extraño y los tejidos necróticos. Si estamos hablando del mismo paciente, se salvó.

Una sonrisa iluminó el rostro de Leal.

—Doctor —los interrumpió la bella joven militar—: usted tiene que ponerse en marcha. La mar lo espera. Antes de irse, copie el informe de su puño y letra en estos papeles, para que parezcan obra suya desde el principio. Después, si decide entregarlo a la CIA, reelabórelo y, partiendo de él, redáctelo a su manera. Esos papeles son del Hotel Cavalier, donde usted estuvo hospedado. O sea, que nadie sospechará nada raro. No tiene que decirnos ahora si quiere colaborar con nosotros. Tome su tiempo. Medite con calma. Nosotros no podemos ofrecerle nada. Dinero no podemos darle. Sólo el agradecimiento de los más humildes, de los que nunca tuvieron nada y ahora luchan por un mundo mejor. Si se decide a ponerse de nuestra parte, haga lo siguiente...

—¡Un momento, señorita! —exclamó el doctor—; yo no voy a llevarme esos papeles ni voy a colaborar bajo ningún concepto. Ni con ellos ni con ustedes. ¡Pueden estar seguros!

Mariano Campoy miró a su amigo con sorpresa, y enseguida con admiración. Entonces soltó una carcajada ante la seriedad policial de los oficiales.

—Yo se los advertí —suspiró el profesor Campoy—. Otto es un caso aparte.

Pero la joven de los ojos cansados prosiguió como si no lo hubiera escuchado:

—Flanqueando la puerta de la casa de su mamá hay dos leones de mármol oscuro. ¿Me equivoco?

—No, no se equivoca —dijo Leal—. Son cutres, el colmo del mal gusto. ¿Qué pasa con ellos?

—Si por alguna razón cambia de opinión y decide ayudarnos, pegue un chicle en el ojo izquierdo del león que queda a la derecha, mirando desde la calle. Pero tiene que hacerlo un lunes. A cualquier hora del día, pero que sea un lunes. Recuérdelo: un chicle blanco en el ojo izquierdo del león derecho, visto desde la calle. Un lunes. Al día siguiente, no lo retire; pegue chiclets en todos los ojos de los leones, para despistar. Ésa será la señal de que usted va a contactar a Charles y a Dale, que «se pondrá a sus órdenes» y les dará el informe confeccionado por nosotros. Ahora, copie el texto y...

—No, disculpe. Es que no voy a copiar nada ni voy a pegar ningún chicle.

—Como usted quiera, doctor. Pero si lo hace, después del chiclet un lunes, alguien se le acercará en algún lugar de Miami o del mundo, y le dirá: *There is a rose in a fisted glove, and the eagle flies...*

—¡*With the dove*! —respondió el doctor automáticamente— ésa es una canción de mi época: Crosby, Stills Nash & Young.

—Sí, pero usted no debe responder *with the dove* sino: *with the* pitirre.

—¿*With what*?

—Pitirre, doctor, no se le olvide. Quédese a comer algo rápido con el profesor Campoy, gracias por haber venido y... buen viaje.

—¿Quién me va a llevar, Kumakiki?

—No. Lo llevará otro compañero. Si quiere llámelo Fotuto, pero no hable con él más que en caso de necesidad. Poco antes de llegar a La Florida, Fotuto lo dejará a bordo del barco de pesca que ha sido alquilado *a su nombre* en Islamorada. El compañero que le entregará el barco, a quien puede recordar como *Berrinche*, no volverá con usted sino que pasará a bordo de *la cigarreta* (la lancha rápida) que lo llevará desde aquí. O sea, que volverá a pisar tierra floridana totalmente solo, ya que regresa de una pesquería. Dígale a todo el mundo que necesitaba un poco de soledad y que salió a pescar en aguas revueltas, entre los mangles de Cudjoe Key, Sugarloaf Key, Saddelbunch Key o Boca Chica. Si no quiere ayudarnos, olvídese de esta aventura. De todos modos, muchas gracias.

—¡Hasta otra, Otto! —dijo Campoy y todos se abrazaron.

—Ah —preguntó Mofeta—, ¿quiere llevarse a doña *Smith?*

—¡No! —sonrió el doctor—. Salúdela de mi parte.

Catorce

Una mañana, a las siete en punto, Tony lo llamó al apartamento y lo despertó. Estaba alarmado. Algo «sumamente grave» había ocurrido.

—Te veo esta noche —dijo Leal—. Por el día voy a salir con mi mamá.

—¡No! —lo interrumpió el abogado—; es que *tienes* que venir inmediatamente.

—¿Ahora?

—Ahora mismo.

Galán no era hombre de bromas ridículas, y el tono de su voz no dejaba lugar a dudas. En el apartamento de su viejo amigo había tres hombres, dos de pie que parecían dos bolas de carne con traje claro y corbata, y uno sentado en el sofá que tenía un vago aspecto de crustáceo. No pudo explicarse por qué el tipo le dio esa impresión al verlo. Galán había empalidecido y se le notaba tenso, y Otto adivinó que aquel trío de sospechoso aspecto lo había despertado. Tony sirvió un cafecito mientras el crustáceo, poniéndose unos espejuelos de elegante armadura, decía:

—Doctor Leal, nosotros somos de la agencia de seguridad Preventive Security Service & Investigation. Voy a ser breve. Se trata de que su hermano, don Jorge Leal, nos enroló hace ya cierto tiempo para hacer una investigación exhaustiva sobre esta señora —y le extendió una espléndida foto de Milena—. ¿Usted la conoce?

Otto contestó, sin inmutarse:

—¿Y a usted qué le importa?

—Ahora le explico —respondió el hombre también sin inmutarse—. Su hermano sospecha que esa señora tiene relaciones sexuales con *alguien,* y nos contrató para que averiguáramos *con quién.* Nuestras pesquisas dieron el siguiente resultado.

Y desplegó sobe la mesa de cristal una serie de fotos de Otto con Milena en la terraza de Ocean Drive, cuando la bañó en cerveza; Milena besándolo en el Cuba Pork; Milena acariciándole la mano en su apartamento...

Otto experimentó una furia tal, que no fue capaz de articular palabra. El crustáceo de la Preventive Security Service & Investigation siguió hablando, con un tonito de cubano asere y sabrosón que se esfuerza por ser fino:

—Lo hemos contactado a través de Tony Galán, debido a que él es su abogado y también el de su hermano, y nos parece que los dos lo necesitan. Porque hemos venido a proponerle, doctor Leal, que nos pague 100.000 dólares en efectivo si quiere impedir, a tiempo, que le demos esta mala noticia a su hermano. Si usted paga, la Preventive Security Service & Investigation destruirá estas evidencias y confeccionará un informe mucho más bonito para presentárselo a su hermano.

—¿Ustedes pusieron una nota en mi parabrisas?

—Sí, y lo llamamos cuando almorzaba con esa señora, para provocarlo; gajes del oficio, señor Leal.

—Lo que quieren es que Jorge les pague por el trabajo que les encargó, y que además les pague yo si me dejo chantajear.

—Equelecuá. Sus 100.000 dólares harán que todos queden contentos: él con sus cuernos y usted con su colombiana, que por cierto está riquísima.

De pronto el doctor Leal le propinó un piñazo tan fuerte y certero, que los espejuelos del matón saltaron por los aires y la sangre le manchó el impecable traje de lino. Con una rapidez tremenda, los dos gánsteres corpulentos lo molieron a puñetazos, dejándolo ensangrentado y medio desmayado. Si Galán no interviene, con una pistola que sacó de nadie supo dónde, lo matan. En eso sonó el teléfono. Galán contestó. Era para Otto, que no veía de un ojo. En el oído izquierdo percibía un estruendo como de concierto de hard rock.

Era Charles. Su voz le llegó lejana pero firme:

—Pague, doctor —dijo—; actúe con sensatez y salga de este aprieto. Esa gentuza no tiene escrúpulos. Salve su relación con su hermano. Nosotros ponemos los 100.000 dólares. Diga que va a pagar, y yo mismo iré con el dinero dentro de seis minutos.

¡O sea, que estaban al tanto de lo que acontecía en el apartamento de Galán!

—No, gracias —contestó—; esto tengo que arreglarlo solo.

Dijo que no pagaría. Antes de marcharse, los buitres de la Preventive Security Service & Investigation dejaron caer sobre la mesa una foto más, en la que Otto abrazaba a Nora. Talmente parecía que le estaba besando el pelo.

—Tiene dos horas para cambiar de opinión —dijo el de la nariz rota—. Nosotros no somos rencorosos.

Otto se curó como pudo, y pidió a Tony que lo dejara descansar. Se tomó dos pastillas de valium y quedó rendido allí mismo, en el sofá. Pero al cabo de unas horas lo despertó el teléfono. Ya el ruido del oído había cesado, pero el ojo y los labios estaban aún más hinchados y el efecto del valium lo tenía obnubilado. Tony no estaba. La llamada era de Jorge.

—Te espero en el Cuba Pork.

Era lunes y el Cuba Pork estaba cerrado. Pero Zoila estaba ocupada en las eternas labores de un restaurante, y le abrió la puerta. Al verlo tan magullado y dando tumbos, con el labio inferior reventado, sangrando por la nariz y un ojo que parecía un mango podrido, la camarera se asustó.

—¿Qué pasa, quién te ha hecho eso?

—Un accidente. Después te explico. ¿Mi hermano ha estado aquí?

—No, si hoy no abrimos.

—Entonces Milena fue amante de mi hermano... —balbuceó.

—Ah... ya te enteraste. Milena es una mujer sin tacha —dijo ayudándolo a sentarse—. Jorge la trató mal y se equivocó de medio a medio. Él quería que ella le implorara, «amor, quédate hasta por la mañana» y toda esa porquería. Lo típico. Jorge es arrogante, para él no existe la empatía. Creyendo ser el macho de la película, se iba después del placer porque su mujer y sus inversiones lo esperaban. Ella se quedaba mordiendo la almohada, porque al principio se enamoró de él. Pero nada dura menos que un enamoramiento falso. Es curioso cómo los hombres creen que su espacio no lo puede llenar otro. Jorge está engreído. Él la engañaba sin necesidad. Si al menos hubiera sido veraz. Si le hubiera dicho «estoy loco por ti pero no voy a dejar a mi esposa y a mis hijos»... Él le decía que se iba a divorciar de Nora. Pero Milena descubrió a tiempo que Jorge no le interesaba. Ni siquiera le planteó el clásico ultimátum: o te vas o te quedas, simplemente lo dejó. Desde ese instante no volvió a hablar con él, y Jorge no ha podido asumirlo... Se obsesionó. La perseguía. Se metía en casa de su mamá, para obligarla a que escuchara sus promesas. Ella tuvo que dejar de cuidar a Paulina durante un tiempo, para librarse de su persecución. La pobre anciana empeoró, y Jorge le pidió que volviera. Él le pagaba un sueldo por esos cuidados. Yo no sé lo que Milena quería de él. Yo creo que se le metió en la cabeza demostrarle que el dinero no lo es todo. Le hablaba de política y lo provocaba con sus ideas medio comunistas. De pronto la mariposa se le volvió una fiera. Cuando lo dejó, se sentía liviana, limpia, sin límites. Él venía a implorarme que intercediera. Y le dije que fuera a los Everglades a derramar sus lágrimas de cocodrilo. A Jorge se le derrumbó el mundo. A cada rato la llamaba para prometerle villas y castillas. Él piensa que ella lo dejó por otro. Pero Milena no lo amaba, y ella no puede vivir sin amor. Por eso no me gustó lo que estaba pasando entre ustedes.

—¿Tú sabes que se fue para Suecia?

—¡Claro, si estaba escondida en mi casa! Pero tú no la quieres tampoco. No puedes quererla, es una fantasía, todo ha sido demasiado atropellado. No le hagas caso. Déjala que siga su camino.

No les dio tiempo a hablar más. Jorge entró y dijo con hosquedad:

—Apártate, Zoila, que quiero hablar con mi hermano.

Se sentaron en un rincón. Zoila entendió la extrema gravedad de la situación, y procuró estar lejos pero cerca, para evitar males mayores. Jorge dijo:

—Cuando miro atrás y veo los sacrificios que tuve que hacer por ti, por la familia, por el bienestar de los nuestros... Tu traición no me da ni siquiera asco. Me dan ganas de matarte.

Otto Leal miraba a su hermano vidriosamente y con un solo ojo, casi sin verlo. Superó un vahído repentino y se sintió fuera del tiempo. ¿Qué hora sería?

—Mátame entonces —dijo—. ¿Para eso me hiciste venir?

—¿Sabes lo que tú eres? Nadie. Tú no existes.

—Estás frustrado, hermano —dijo el doctor a través de su boca aplastada, consciente de que su aspecto miserable constituía, para Jorge, una prueba más de su ínfima condición—. Desde que llegamos a Miami, cuando éramos unos niños, lo único que te ha salido bien son los negocios.

—No vuelvas a decirme hermano. Tú no eres mi hermano. Tú eres un mierda.

Otto Leal cerró el único ojo que podía tener abierto, y pensó en el otoño que le esperaba y en el invierno que no tardaría en petrificar el paisaje de Uppsala. Su vida interior ya estaba helada, y sin explicarse por qué, se vio conduciendo, con los niños en el auto, a través de un bosque congelado: vio el paisaje fantasmagórico de los pinos y los abetos altos y erectos cubiertos de una blancura virgen, y los abedules tiesos de escarcha recortándose contra la grisura. No vio ni una sola forma cadenciosa ni un solo contraste del color; todo era ceniciento en su vida, pensó, todo era oscuro y turbio, y del modo más absurdo se oyó diciendo:

—¿Sabes qué es lo que no nos deja ser hermanos? No es ella, Jorge. Cuando me enamoré de Milena, yo no sabía que ella había sido amante tuya. Lo que nos separa es algo mucho más banal.

Otto hablaba como un borracho. Arrastraba las palabras e hilvanaba las frases con dificultad.

—Por ejemplo, que las siete personas más ricas del mundo podrían eliminar la pobreza de una cuarta parte de la humanidad.

Jorge dio un puñetazo en la mesa.

—¡No seas ridículo!

—Ésas son las cosas que a mí me importan, y a ti no. ¿Crees que estoy hablando basura? ¿Ella no te hablaba de esas cosas? Pues a mí sí. Yo la amo, tú la amas. Pero no es ella la que nos separa.

—Estás babeando —dijo Jorge como si tuviera ganas de vomitar. Entonces se levantó despacio, sacó una pistola de la chaqueta, la rastrilló con violencia y apoyó el cañón contra le frente de su hermano, que lo miró con un solo ojo y no se movió de su asiento.

—¡Jorge, por el amor de Dios! —gritó Zoila, mientras una bandeja llena de vasos resbalaba de sus manos haciéndose añicos en el suelo.

—¡Mira que es hijo de tu propia madre!

—Dispara, hermano, ¡dispara! —dijo el doctor con voz ronca, pero Jorge bajó la pistola y la puso en la mesa.

—Eso era todo lo que tenía que decirte —dijo Jorge—. Ya puedes volver a Uppsala, o a donde te dé la gana. Para mí te has muerto.

Tambaleante, Otto se puso de pie hasta quedar frente a frente ante su hermano. Mientras tanto Zoila se iba acercando, sigilosa, con la mano extendida y con el claro propósito de retirar la pistola, que como una mina a punto de explotar los unía y los separaba en el reducido espacio de la mesa. De pronto el doctor Leal se apoderó de la pistola y se la puso en la sien.

—¡Por el amor de Dios! —gritó de nuevo la buena mujer, pero no le dio tiempo a nada. Otto Leal apretó el gatillo una, dos, tres, cuatro veces, ante la mirada atónita de Jorge, que sabía muy bien que estaba descargada. Descompuesto, Otto la dejó caer en la mesa, miró de frente a su hermano y musitó:

—Ahora sabes que estoy muerto de verdad.

Zoila se le abrazó y lo arrastró hacia el interior del restaurante. Jorge quedó tieso como un maniquí, pero la mano derecha le temblaba como si tuviera parkinson. Después se apoyó con las dos manos en la mesa y lloró con unos rugidos sordos. Al fin guardó la pistola y se arregló la corbata, se secó las lágrimas con un pañuelo, sacó un peine, se peinó con rapidez y, lanzando una mirada de desprecio hacia la cocina, salió al calor de Hialeah.

Rodeado de cacerolas que parecían dormidas en la paz mantecosa del Cuba Pork, el doctor Leal, cirujano de la Neurodivisión Pediátrica del Hospital Académico de Uppsala, Sweden, se tomó el ron que le brindaba Zoila, la abrazó con cariño y dijo:

—¿No tienes un par de chicles por ahí? Tengo un sabor tan malo en la boca.

FIN

Índice

Uno 9
Dos 25
Tres 37
Cuatro 43
Cinco 57
Seis 71
Siete 91
Ocho 101
Nueve 111
Diez 125
Once 141
Doce 151
Trece 167
Catorce 175